国韵故事汇

上海图书馆 编

三国故事八则

单刀赴会

生活·讀書·新知 三联书店

**图书在版编目(CIP)数据**

单刀赴会:三国故事八则/上海图书馆编.
—北京:生活·读书·新知三联书店,2017.12
(国韵故事汇)
ISBN 978 - 7 - 108 - 06149 - 2

Ⅰ.①单⋯ Ⅱ.①上⋯ Ⅲ.①历史故事－作品集－中
国 Ⅳ.①I247.81

中国版本图书馆 CIP 数据核字(2017)第 279287 号

责任编辑 成 华 刁俊娅
封面设计 刘 俊
责任印刷 黄雪明
出版发行 生活·讀書·新知 三联书店
(北京市东城区美术馆东街22号)
邮 编 100010
印 刷 常熟文化印刷有限公司
版 次 2017 年 12 月第 1 版
2017 年 12 月第 1 次印刷
开 本 650 毫米×900 毫米 1/16 印张 10.25
字 数 90 千字
定 价 29.00 元

# 编者的话

本丛书原为上海图书馆所藏、于 20 世纪上半叶由大众书局刊行的"故事一百种",其内容多选自《东周列国志》《三国演义》《水浒传》《隋唐演义》《说岳全传》《英烈传》等经典作品,并结合民国时期的语言、见解、习俗进行了不同程度的改写,既通俗易懂、妙趣横生,又留有一番古典韵味,是中华传统文化及语言的珍贵遗存。

初时,各则故事独成一册,畅销非常,重印达十数版之多。因各册页数较少,不易保存,今多已散佚,全国范围内,仅上海图书馆藏有较多品种。现将故事根据所述朝代重新整理分册,将竖排繁体转为横排简体,并修正了其中的漏字、错字、异体字,根据现代汉语语言规范对标点符号进行了统一处理。

为还原特定时代的故事面貌与语言韵味,编者仅就明显的语言错误做出修正,在保证文从字顺的基础上,尽可能遵照原文。书中所述历史人物与事件,或有与史实相出入处,也视为虚构文学作品予以保留,并未擅自修改。此外,还保留了原书中的全部插图,以飨读者。

# 目录

# 葭萌关

话说刘玄德得了雒城，重赏诸将。诸葛孔明曰："雒城已破，成都只在目前，唯恐外州郡不宁。可令张翼、吴懿引赵云抚外水、定江、犍为等处所属州郡，令严颜、卓膺引张飞抚巴西、德阳所属州郡，就委官按治平靖，即勒兵回成都取齐。"

张飞、赵云领命，各自引兵去了。孔明问："前去有何处关隘？"蜀中降将曰："只绵竹有重兵守御。若得绵竹，成都唾手可得。"孔明便商议进兵。法正曰："雒城既破，蜀中危矣。主公欲以仁义服众，且勿进兵。某作一书上刘璋，陈说利害，璋自然降矣。"孔明曰："汝言甚善。"便令写书遣人径往成都。

却说刘循逃回见父，说雒城已陷，刘璋慌聚众官商议。从事郑度献策曰："今刘备虽攻地夺城，然兵不甚多，士众未附，野谷是资，军无辎重。不如尽驱巴西、梓潼百姓，过涪水以西，将其仓廪野谷尽皆烧除，深沟高垒，

马超

静以待之。彼至请战，勿许。久无所资，不过百日，彼兵自走。我乘虚击之，备可擒也。"刘璋曰："不然。吾闻拒敌以安民，未闻动民以避敌也。此言非保全之计。"正议间，人报法正有书至。刘璋唤入，呈上书。璋拆开书视之，其略曰："前蒙遣差结好玄德，不意主公左右未得其人，以致如此。今玄德眷念旧情，不忘族谊。主公若能幡然归顺，量不薄待，望三思裁示！"

刘璋大怒，扯毁其书，大骂："法正卖主求荣，忘恩背义之贼！"逐其使者出城。即时遣妻弟费观提兵前去，把守绵竹。费观保举南阳人，姓李，名严，字正方，一同领兵。当下费观、李严点三万军，来守绵竹。益州太守董和，字幼宰，南郡枝江人也，上书与刘璋，请往汉中借兵。璋曰："张鲁与吾世仇，安肯相救？"和曰："虽然与我有仇，刘备军在雒城，势在危急，唇亡则齿寒，若以利害说之，必然肯从。"璋乃修书遣黄权前赴汉中。

且说黄权到了汉中，先来见谋士杨松，说："东西两川，实为唇齿，西川若破，东川亦难保矣。今若肯相救，当以二十州相酬。"松大喜，即引黄权来见张鲁，说唇齿利害，更以二十州相谢。鲁喜其利，从之。巴西阎圃谏曰："刘璋与主公世仇，今事急求救，诈许割地，不可从也。"马超挺身出曰：

“超感主公之恩，无可上报。愿领一军攻取葭萌关，生擒刘备，务要刘璋割二十州奉还主公。”张鲁大喜，先遣黄权从小路而回，随即点兵二万与马超。张鲁令杨柏监军。超与弟马岱选日起程。

却说玄德军马在雒城，法正所差下书人回报说：“郑度劝刘璋尽烧野谷，并各处仓廪，率巴西之民，避于涪水西，深沟高垒而不战。”玄德、孔明闻之，皆大惊曰：“若用此言，吾势危矣！”法正笑曰：“主公勿忧，此计虽毒，刘璋必不能用也。”

不一日，人传刘璋不肯迁动百姓，不从郑度之言。玄德闻之，方始宽心。孔明曰：“速进兵取绵竹。如得此处，成都易取矣。”遂遣黄忠、魏延领兵前进。费观听知玄德兵来，差李严出迎。严领三千兵出，各布阵完。黄忠出马，与李严战四五十合，不分胜负。孔明在帐中教鸣金收军。黄忠回阵，问曰：“正待要擒李严，军师何故收兵？”孔明曰：“吾已见李严武艺，不可力取。来日再战，汝可诈败，引入山谷，出奇兵以胜之。”

黄忠领计。次日，李严再引兵来，黄忠又出战，不十合诈败，引兵便走。李严赶来，迤逦赶入山谷，猛然省悟。急待回时，前面魏延引兵摆开。孔明自在山顶，唤曰：“公如不降，两下已伏强弩，欲与吾庞士元报仇矣。”李严慌下马卸甲投降，军士不曾伤害一人。孔明引李严见玄德。玄德待之甚厚。严曰："费观虽是刘益州亲戚，与某甚密，当往说之。"玄德即命李严回城招降费观。

严入绵竹城，对费观赞玄德如此仁德，今若不降，必有大祸。观从其言，开门投降。玄德遂入绵竹，商议分兵取成都。忽流星马急报言："孟达、霍峻守葭萌关，今被东川张鲁遣马超与杨柏、马岱领兵攻打甚急，救迟则关隘休矣。"玄德大惊。孔明曰："须是张、赵二将，方可与敌。"玄德曰："子龙引兵在外未回。翼德已在此，可急遣之。"孔明曰："主公且勿言，容亮激之。"

却说张飞闻马超攻关，大叫而入曰："辞了哥哥，便去战马超也！"孔明佯作不闻，对玄德曰："马超侵犯关隘，无人可敌。除非往荆州取关云长来，方可与敌。"张飞曰："军师何

故小觑吾？吾曾独在长坂拒曹操百万之兵，岂愁马超一匹夫乎？"孔明曰："翼德拒水断桥，此因曹操不知虚实耳。若知虚实，将军岂得无事？今马超之勇，天下皆知。渭水大战，杀得曹操割须弃袍，几乎丧命，非等闲之辈。云长且未必可胜。"飞曰："我只今便去，如胜不得马超，甘当军令！"孔明曰："既尔肯写文书，便为先锋。请主公亲自去一遭，留亮守绵竹。待子龙来，却做商议。"魏延曰："某亦愿往。"

孔明令魏延带五百哨马先行，张飞第二，玄德后队，往葭萌关进发。魏延哨马先到关下，正遇杨柏。魏延与杨柏交战，不十合，杨柏败走。魏延要夺张飞头功，乘势赶去。前面一军摆开，为首乃是马岱。魏延只道是马超，舞刀跃马迎之。与马岱战不十合，岱败走。延赶去，被岱回身一箭，中了魏延左臂。延急回马走。马岱赶到关前，只见一将喊声如雷，从关上飞奔至面前。原是张飞初到关上，听得关前厮杀，便来看时，正见魏延中箭，因骤马下关，救了魏延。

飞喝马岱曰："汝是何人？先通姓名，然后厮杀！"马岱曰："吾乃西凉马岱是也。"张飞曰："你原来不是马超！快回去！非吾对手！只令马超那厮自来！说道燕人张飞在此！"马岱大怒曰："汝焉敢小觑我！"挺枪跃马，直取张飞。战不十合，马岱败走。张飞欲待追赶，关上一骑马到来，叫："兄弟且休赶！"飞回视之，原来是玄德到来。飞遂不赶，一同上关。玄德曰："恐怕你性躁，故我随后赶来到此。既然胜了马岱，且歇一宵，来日战

马超。”

次日天明，关下鼓声大震，马超兵到。玄德在关上看时，门旗影里，马超纵骑提枪而出，狮盔兽带，银甲白袍，一来结束非凡，二者人才出众。玄德叹曰："人言'锦马超'，名不虚传！"张飞便要下关。玄德急止之曰："且休出战，当先避其锐气。"关下马超单搦张飞出战，关上张飞恨不得平吞马超，三五番皆被玄德挡住。

看看午后，玄德望见马超阵上人马皆倦，遂选五百骑，跟着张飞冲下关来。马超见张飞军到，把枪往后一招，约退军有一箭之地。张飞军马一齐扎住，关上军马，陆续下来。张飞挺枪出马，大呼："认得燕人张翼德么？"马超曰："吾家屡世公侯,岂识村野匹夫!"张飞大怒。两马齐出,二枪并举。约战百余合,不分胜负。玄德观之,叹曰:"真虎将也!"恐张飞有失,急鸣金收军。两将各回。

张飞回到阵中,略歇马片时,不用头盔,只裹包巾上马,又出阵前搦马超厮杀。超又出,两个再战。玄德恐张飞有失,自披挂下关,直至阵前,看张飞与马超又斗百余合,两个精神倍加。玄德教鸣金收军,二将分开,各回本阵。是日天色已晚。玄德谓张飞曰:"马超英勇,不可轻敌。且退上关,来日再战。"张飞杀得性起,哪里肯休? 大叫曰:"誓死不回!"玄德曰:"今日天晚,不可战矣。"飞曰:"多点火把,安排夜战!"马超亦换了马,再出阵前,大叫曰:"张飞! 你敢夜战么?"张飞性起,向玄德换了坐下马,抢出阵来,叫曰:"我捉你不得,誓不上关!"超曰:"我胜你不得,誓不回寨!"两军呐喊,点起千百火把,照耀如同白日。两将又向阵前鏖战。到二十余合,马超拨回马便走。张飞大叫曰:"走哪里去?"原来马超见赢不得张飞,心生一计,诈败佯输,赚张飞赶来,暗掣铜锤在手,扭回身觑着张飞便打将来。张飞见马超走,心中也提防,比及铜锤打来时,张飞一闪,从耳朵边过去。张飞便勒回马时,马超却又赶来。张飞带住马,拈弓搭箭,回射马超,超却闪过。两将各自回阵。玄德自于阵前叫曰:"吾以仁义待人,不施谲诈。马超你收兵歇息,我不乘势赶你。"马超闻言,亲自断后,诸军渐退。玄德亦收军上关。

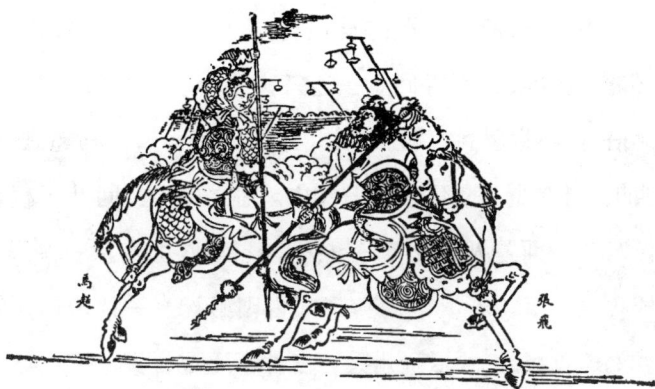

马超　　张飞

　　次日，张飞又欲下关战马超。人报："军师来到。"玄德接着孔明。孔明曰："亮闻马超世之虎将，若与翼德死战，必有一伤，故令子龙、汉升守住绵竹，我星夜到此。可使条小计，令马超归降主公。"玄德曰："吾见马超英勇，甚爱之。如何可得？"孔明曰："亮闻东川张鲁欲自立为汉宁王。手下谋士杨松，极贪贿赂，可差人从小路径投汉中，先用金银结好杨松，后进书与张鲁云：'吾与刘璋争西川，是与汝报仇。不可听信离间之语。事定之后，保汝为汉宁王。'令其撤回马超兵。待其来撤时，便可用计招降马超矣。"

　　玄德大喜，即时修书，差孙乾赍金珠从小路径至汉中，先来见杨松，说知此事，送了金珠。松大喜，先引孙乾见张鲁，陈言方便。鲁曰："玄德如何保得我为汉宁王？"杨松曰："他是大汉皇叔，正合保奏。"张鲁大喜，便差人教马超罢兵。孙乾只在杨松家听回信。

不一日，使者回报："马超言，未成功，不可退兵。"张鲁又遣人去唤，又不肯回。一连三次不至。杨松曰："此人素无信行，不肯罢兵，其意必反。"遂使人流言云："马超意欲夺西川，自为蜀王，不肯臣于汉中。"张鲁闻之，问计于杨松。松曰："一面差人去说与马超：'汝既欲成功，与汝一月限，要依我三件事。若依得，便有赏，否则必诛。一要取西川，二要刘璋首级，三要退荆州兵。三件事不成，可献头来。'一面教张卫点军把守关隘，防马超兵变。"

鲁从之，差人到马超寨中，说这三件事。超大惊曰："如何变得恁的！"乃与马岱商议："不如罢兵。"杨松又流言曰："马超回兵，必怀异心。"于是张卫分七路兵，坚守隘口，不放马超兵入。超进退不得，无计可施。孔明谓玄德曰："今马超在进退两难之际，亮凭三寸不烂之舌，亲往超寨，说马超来降。"玄德曰："先生乃吾之股肱心腹，倘有疏虞，如之奈何？"孔明坚意要去。玄德再三不肯放去。

正踌躇间，忽报赵云有书荐西川一人来降。玄德召入问之。其人乃建宁俞元人也，姓李，名恢，字德昂。玄德曰："先生此来，必有益于刘备。"恢曰："今闻马超在进退两难之际。恢昔在陇西，与彼有一面之交，愿往说马超归降，若何？"孔明曰："正欲得一人替我一往。愿闻公之说辞。"

李恢于孔明耳畔陈说如此如此。孔明大喜，即时遣行。恢行至超寨，先使人通名姓。马超曰："吾知李恢乃辩士，今

必来说我。"先唤二十刀斧手伏于帐下，嘱曰："令汝砍即砍！"

须臾，李恢昂然而入。马超端坐帐中不动，叱李恢曰："汝来为何？"恢曰："特来做说客。"超曰："吾匣中宝剑新磨，汝试言之，其言不通，便请试剑！"恢笑曰："将军之祸不远矣！但恐新磨之剑，不能试吾之头，将欲自试也！"超曰："吾有何祸？"恢曰："将军前不能救刘璋而退荆州之兵，后不能制杨松而见张鲁之面，目下四海难容，一身无主，若有意外之失，何面目见天下之人乎？"超谢曰："公言极善，但超无路可行。"恢曰："公既听吾言，帐外何故伏刀斧手？"

超大惭，尽叱退。恢曰："刘皇叔礼贤下士，吾知其必成，故舍刘璋而归之。公之尊人，昔年曾与皇叔约共讨贼，公何不弃暗投明，以图上报父仇，下立功名乎？"马超大喜，即唤杨柏入，一剑斩之，将首级共恢一同上关来降玄德。玄德亲自接入，待以上宾之礼。超谢曰："今遇明主，如拨云雾而见青天！"

时孙乾已回。玄德复命霍峻、孟达守关，便撤兵来取成都。赵云、黄忠接入绵竹。人报："蜀将刘晙、马汉引军到。"赵云曰："某愿往擒此二人！"言讫，上马引军出。玄德在城上款待马超吃酒。未曾安席，子龙已斩二人之头，献于筵前。马超亦惊，倍加敬重。超曰："无须主公厮杀，超自唤出刘璋来降。如不肯降，超自与弟马岱取成都，双手奉献。"玄德大喜。是日尽欢。

却说败兵回到益州，报刘璋。璋大惊，闭门不出。人报城北马超救兵到，刘璋方敢登城望之。见马超、马岱立于城下，大叫："请刘璋答话。"刘璋在城上问之。超在马上以鞭指曰："吾本领张鲁兵来救益州，谁想张鲁听信杨松谗言，反欲害我。今已归降刘皇叔。公可纳土投降，免致生灵受苦，如或执迷，吾先攻城矣！"

刘璋惊得面如土色，气倒于城上。众官救醒。璋曰："吾之不明，悔之何及！不若开门投降，以救满城百姓。"董和曰："城中兵尚有三万余人，钱帛粮草，可支一年，奈何便降？"刘璋曰："吾父子在蜀二十余年，无恩德加于百姓，攻战三年，血肉捐于草野，皆我罪也。我心何安？不如投降以安百姓。"

次日，人报："刘皇叔遣幕宾简雍在城下唤门。"璋令开门接入。雍入见刘璋，具说玄德宽宏大度，并无相害之意。于是刘璋决计投降，厚待简雍。次日，亲赍印绶文籍，与简雍同车出城投降。玄德出寨迎接，握手流涕曰："非吾不行仁义，奈势不得已也！"共入寨，交割印绶文籍，并马入城。

玄德入成都，百姓香花灯烛，迎门而接。自是西川四十一州地面，皆为刘备所有。

# 单刀赴会

鲁肃

却说东吴孙权知玄德并吞西川，将刘璋逐于公安，遂召张昭、顾雍商议曰："当初刘备借我荆州时，说取了西川，便还荆州。今已得巴蜀四十一州，须取索汉上诸郡。如其不还，即动干戈。"张昭曰："吴中方宁，不可动兵。昭有一计，使刘备将荆州双手奉还主公。"孙权曰："计将安出？"张昭曰："刘备所倚重者，诸葛亮耳。其兄诸葛瑾今仕于吴，何不将瑾老小执下，使瑾入川告其弟，令劝刘备交割荆州：'如其不还，必累及我老小。'亮念同胞之情，必然应允。"权曰："诸葛瑾乃诚实君子，安忍拘其老小？"昭曰："明教知是计策，自然放心。"

权从之，即召诸葛瑾老小虚监在府，一面修书，打发诸葛瑾往西川去。不数日，到了成都，先使人报知玄德，玄德问孔明曰："令兄此来为何？"孔明曰："来索荆州耳。"玄德曰："何以答之？"孔明曰："只须如此如此。"

计议已定，孔明出郭接瑾。不到私宅，径入宾馆。参

拜毕，瑾放声大哭。亮曰："兄长有事，但说。何故发哀？"瑾曰："吾一家老小休矣！"亮曰："莫非为不还荆州乎？因弟之故，执下兄长老小，弟心何安？兄休忧虑，弟自有计，还荆州便了。"

瑾大喜，即同孔明入见玄德，呈上孙权书。玄德看了，怒曰："孙权既以妹嫁我，却乘我不在荆州，竟将妹子潜地取去，情理难容！我正要大起川兵，杀下江南报我之恨，却还想来索荆州乎？"孔明哭拜于地曰："吴侯执下亮兄长老小，倘若不还，吾兄将全家被戮。兄死，亮岂能独生？望主公看亮之面，将荆州还了东吴。全亮兄弟之情！"

玄德再三不肯，孔明只是哭求。玄德徐徐曰："既如此，看军师面,分荆州一半还之,将长沙、零陵、桂阳三郡与他。"
亮曰:"既蒙见允,便可写书与云长令交割三郡。"玄德谓瑾
曰:"公到彼,须用善言求吾弟。吾弟性如烈火,吾尚惧之。
切宜仔细!"

　　瑾求了书,辞了玄德,别了孔明,登途径到荆州。云长
请入中堂,宾主相叙,瑾出玄德书曰:"皇叔许先以三郡还东
吴,望将军即日交割,令瑾好回见吴主。"云长变色曰:"吾与
吾兄桃园结义,誓共匡扶汉室。荆州本大汉疆土,岂得妄以
尺寸与人? 将在外,君命有所不受。虽吾兄有书来,我却只

不还。"

瑾曰:"今吴侯执下瑾老小,若不得荆州,必将被诛。望将军怜之!"云长曰:"此是吴侯诡计,如何瞒得我过!"瑾曰:"将军何太无面目?"云长执剑在手曰:"休再言!此剑上并无面目!"关平告曰:"军师面上不好看,望父亲息怒。"云长曰:"不看军师面上,教你回不得东吴!"

瑾满面羞惭,急辞下船,再往西川见孔明。孔明已自出巡去了,瑾只得再见玄德,哭告云长欲杀之事。玄德曰:"吾弟性急,极难与言。子瑜可暂回,容吾取了东川汉中诸郡,调云长往守之,那时方得交付荆州。"瑾不得已,只得回东吴见孙权,具言前事。孙权大怒曰:"卿此去,反复奔走,莫非皆是诸葛亮之计?"瑾曰:"非也。吾弟亦哭告玄德,方许将三郡先还，又无奈云长恃顽不肯。"孙权曰："既刘备有先还三郡之言，便可差官前去长沙、零陵、桂阳三郡赴任，且看如何。"瑾曰："主公所言极是。"

权乃令瑾取回老小，一面差官往三郡赴任。不一日，三郡差去官吏，尽被逐回，告孙权曰："关云长不肯相容，连夜赶逐回吴，迟后者便要杀。"孙权大怒，差人召鲁肃，责之曰："汝昔为刘备作保，借吾荆州，今刘备已得西川，不肯归还，汝岂得坐视？"肃曰："肃已思得一计，正欲告主公。"

权问何计。肃曰："今屯兵于陆口，使人请关云长赴会。若云长肯来，以善言说之；如其不从，伏下刀斧手杀之。如彼不肯来，随即进兵，与决胜负，夺取荆州便了。"孙权曰："正合吾意，可即行之。"阚泽进曰："不可，关云长乃世之虎将，非等闲可及。恐事不谐，反遭其害。"孙权怒曰："若如此，荆州何日可行？"便命鲁肃速行此计。

肃乃辞孙权，至陆口，召吕蒙、甘宁商议，设宴于陆口寨外临江亭上，修下请书，选帐下能言快语一人为使，登舟渡江。江口关平问了，遂引使人入荆州，叩见云长，具道鲁肃相邀赴会之意，呈上请书。云长看书毕，谓来人曰："既子敬相请，我明日便去赴会，汝可先回。"

使者辞去。关平曰："鲁肃相邀，必无好意，父亲何故许之？"云长笑曰："吾岂不知耶？此是诸葛瑾回报孙权，说吾不肯还三郡，故令鲁肃屯兵陆口，邀我赴会，便索荆州。吾

若不往,道吾怯矣。吾来日独驾小舟,只用亲随十余人,单
刀赴会,看鲁肃如何近我。"平谏曰:"父亲奈何以万金之躯,
亲蹈虎狼之穴?恐非所以重伯父之寄托也。"云长曰:"吾于
千枪万刃之中、矢石交攻之际,匹马纵横,如入无人之境,岂
忧江东群鼠乎?"马良亦谏曰:"鲁肃虽有长者之风,但今事
急,不容不生异心。将军不可轻往。"云长曰:"昔战国时赵
人蔺相如,无缚鸡之力,于渑池会上,觑秦国君臣如无物,况
吾曾学万人敌者乎?既已许诺,不可失信。"良曰:"纵将军
去,亦当有准备。"云长曰:"只教吾儿选快船十只,藏着水军
五百,于江上等候。看吾红旗起处,便过江来。"平领命自去
准备。

却说使者回报鲁肃,说云长慨然应允,来日准到。肃与吕蒙商议:"此来若何?"蒙曰:"彼带军马来,某与甘宁各人领一军伏于岸侧,放炮为号,准备厮杀;如无军来,只于庭后伏刀斧手五十人,就筵间杀之。"

计议已定。次日,肃令人于岸口遥望。辰时后,见江面上一只船来,艄公、水手只数人,一面红旗,风中招展,显出一个大"关"字来。船渐近岸,见云长青巾绿袍,坐于船上,旁边周仓捧着大刀,八九个关西大汉,各挎腰刀一口。鲁肃惊疑,接入亭内。叙礼毕,入席饮酒,举杯相劝,不敢仰视。云长谈笑自若。

酒至半酣,肃曰:"有一言诉与君侯,幸垂听焉。昔日令

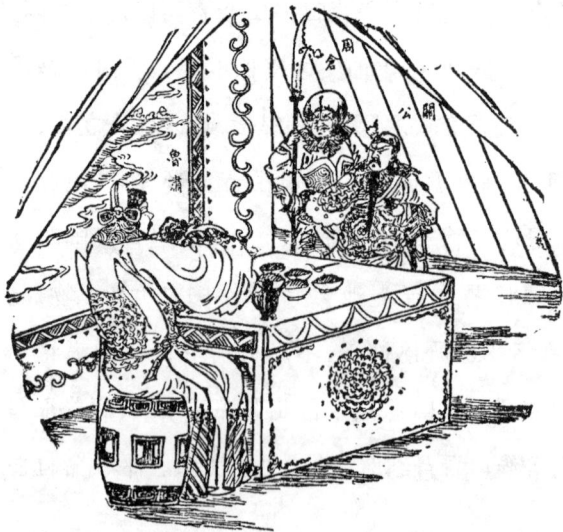

兄皇叔使肃于吾主之前,保借荆州暂住,约取西川之后归还。今西川已得,而荆州未还,得毋失信乎?"云长曰:"此国家之事,筵间不必论之。"肃曰:"吾主只区区江东之地,而肯以荆州相借者,为念君侯等兵败远来,无以为资故也。今已得益州,则荆州自应见还,乃皇叔但肯先割三郡,而君侯又不从,恐于理上说不去。"

云长曰:"乌林之役,吾兄亲冒矢石,勠力破敌,岂得徒劳而无尺土?今足下复来索地耶?"肃曰:"不然。君侯始与皇叔同败于长坂,计穷力竭,将欲远窜,吾主矜怜皇叔身无处所,不爱土地,使有所托足,以图后功,而皇叔已得西川,又占荆州,贪而背义,恐为天下所耻矣。唯君侯察之。"云长曰:"此皆吾兄之事,非某所宜预闻也。"肃曰:"某闻君侯与皇叔桃园结义,誓同生死,皇叔即君侯也。何得推托乎?"

云长未及回答。周仓在阶下厉声曰:"天下土地,唯有德者居之。岂独是汝东吴当有耶?"云长变色而起,夺周仓所捧大刀,立于庭中,目视周仓而叱曰:"此国家之事,汝何敢多言! 可速去!"仓会意,先到岸口,把红旗一招,关平船如箭发,奔过江东来。云长右手提刀,左手挽住鲁肃手,佯推醉曰:"公今请吾赴宴,莫提起荆州之事。吾今已醉,恐伤故旧之情。他日令人请公到荆州赴会,另做商议。"

鲁肃魂不附体,被云长扯至江边。吕蒙、甘宁各引本部军欲出,见云长手提大刀,亲握鲁肃,恐肃被伤,遂不敢动。云长到船边,却才放手,早立于船首,与鲁肃作别。肃如痴似呆,看关公船已乘风而去矣。

话说刘备得了西川之后，建安二十四年又得了汉中之地，因是，孔明、法正等文武众官共推玄德为汉中王。曹操闻知大怒，即时传令，尽起倾国之兵，要赴两川与汉中王决雌雄。一人出班谏曰："不可，臣有一计，不需张弓支箭，令刘备在蜀自受其祸。待其兵衰力尽，只一将往征之，便可成功。"

操视其人，乃司马懿也。操喜问曰："有何高见？"懿曰："江东孙权以妹嫁刘备，而又乘间窃取回去，刘备又据占荆州不还，彼此俱有切齿之恨。今可差一舌辩之士，赍书往说孙权，使兴兵取荆州，刘备必发两川之兵以救荆州。那时大王兴兵去取汉川，令刘备首尾不能相救，势必危矣。"

操大喜，即修书令满宠为使，星夜投江东去见孙权。权知满宠到，遂与谋士商议。张昭进曰："魏与吴本无仇，今满宠来，必有讲和之意，可以礼接之。"

权依其言，令众谋士接满宠入城相见。礼毕，权以宾礼

待宠。宠呈上操书曰:"吴魏自来无仇,皆因刘备之故,致生嫌隙,魏王差某到此,约将军攻取荆州,魏王以兵临汉川,首尾夹击。破刘之后,共分疆土,誓不相侵。"

孙权阅书毕,设筵款待满宠,送归馆舍安歇。权与众谋士商议,顾雍曰:"虽是说辞,其中有理。今可一面送满宠回,约会曹操,首尾相击;一面使人过江探云长动静,方可行事。"诸葛瑾曰:"某闻云长自到荆州,刘备娶与妻室,先生一子,次生一女。其女尚幼,未许字人。某愿往与主公世子求婚,若云长肯许,即与云长计议共破曹操,若云长不肯,然后助曹取荆州。"

孙权用其谋。先送满宠回许都,却遣诸葛瑾为使,投荆州来。入城见云长礼毕,云长曰:"子瑜此来何意?"瑾曰:"特来求结两家之好。吾主吴侯有一子,甚聪明。闻将军有一女,特来求亲,两家结好,并力破曹。此诚美事,请君侯思之。"云长勃然大怒曰:"吾虎女安肯嫁犬子乎?不看汝弟之面,立斩汝首!再休多言!"遂唤左右逐出。

瑾抱头鼠窜,回见吴侯,不敢隐匿,遂以实告。权大怒曰:"何太无礼耶!"便唤张昭等文武官员,商议取荆州之策。步骘曰:"曹操久欲篡汉,所惧者刘备也,今遣使来令吴兴兵吞蜀,此嫁祸于吴也。"权曰:"孤亦欲取荆州久矣。"

骘曰:"目下曹仁屯兵于襄阳樊城,又无长江之险,旱路可取荆州,如何不取,却令主公动兵?只此便见其心。主公

可遣使去许都见操,令曹仁旱路先起兵取荆州,云长必领荆州之兵而取樊城。若云长一动,主公可遣一将,暗取荆州,一举可得矣。"

权从其议,即时遣使过江,上书曹操,陈说此事。操大喜,发付使者先回。随遣满宠往樊城,助曹仁为参谋官,商议动兵,一面寄书与东吴,令领兵水路接应,以取荆州。

却说细作探听得曹操结连东吴,欲取荆州,飞报入蜀。汉中王忙请孔明商议,孔明曰:"某已料曹操必有此谋,然吴中谋士极多,必教操令曹仁先兴兵矣。"汉中王曰:"似此如之奈何?"孔明曰:"可差使命就送官诰与云长,令先起兵取樊城,使敌军胆寒,自然瓦解矣。"

汉中王大喜,即差前部司马费诗为使,赍捧诰命投荆州来。云长出郭，迎接入城，即拜受印绶。费诗交出王旨，令云长领兵取樊城。云长领命，即时便差傅士仁、糜芳二人为先锋，先引一军于荆州城外屯扎，一面设宴城中，款待费诗。

饮至二更，忽报城外寨中火起。云长即披挂上马，出城看时，乃是傅士仁、糜芳饮酒，帐后遗火，烧着火炮，满营撼动，把军器粮草盖皆烧毁。云长引兵救扑，至四更方才火灭。

云长入城，召傅士仁、糜芳，责之曰："吾令汝二人做先锋，不曾出师，先将许多军器粮草烧毁，火炮打死本部军人，如此误事，要你二人何用！"叱令斩之。费诗告曰："未曾出师，先斩大将，于军不利。可暂免其罪。"云长怒气不息，叱二人曰："吾不看费司马之面，必斩汝二人之首。"乃唤武士各杖四十，摘去先锋印绶，罚糜芳守南郡，傅士仁守公安，且

曰:"吾若得胜回来之日,稍有差池,二罪俱罚!"

二人满面羞惭,诺诺而去。云长乃命廖化为先锋,关平为副将,自总中军,马良、伊籍为参军,一同前进,奔襄阳大路而来。曹仁正在城中,忽报云长自领兵来。仁大惊,欲坚守不出。副将翟元曰:"今魏王令将军约会东吴取荆州,今彼自来,是送死也,何故避之?"参谋满宠谏曰:"吾素知云长勇而有谋,未可轻敌。不如坚守,乃为上策。"骁将夏侯存曰:"此书生之言耳。岂不闻'水来土掩,将至兵迎'?我军以逸待劳,自可取胜。"

曹仁从其言,令满宠守樊城,自领兵来迎云长。云长知曹兵来,唤关平、廖化二将,受计而往,与曹兵两阵对圆。廖化出马搦战,翟元出迎。二将战不多时,化诈败,拨马便走,翟元从后追杀,荆州兵退二十里。次日,又来搦战。夏侯存、翟元一齐出迎,荆州兵又败。又追杀二十余里,忽听得背后喊声大震,鼓角齐鸣。曹仁急命前军速回,背后关平、廖化杀来,曹兵大乱。曹仁知是中计,先领一军飞奔襄阳,离城数里,前面绣旗招展,云长勒马横刀,拦住去路。曹仁胆战心惊,不敢交锋,往襄阳斜路而走,云长不赶。

须臾,夏侯存军至,见了云长,大怒,便与云长交锋,只一合,被云长砍死。翟元便走,被关平赶上,一刀斩之。乘势追杀,曹兵大半死于襄江之中,曹仁退守樊城。

云长得了襄阳,赏军抚民。随军司马王甫曰:"将军一

鼓而下襄阳，曹兵虽然丧胆，然以愚意论之，今东吴吕蒙屯
兵陆口，常有吞并荆州之意，倘率兵径取荆州，如之奈何？"
云长曰："吾亦念及此。汝便可布置此事，去沿江上下，或二
十里，或三十里，选高阜处置一烽火台，每台用五十军守之。
倘吴兵渡江，夜则明火，昼则举烟为号，吾当亲往击之。"

王甫曰："糜芳、傅士仁守二隘口，恐不竭力，必须再得
一人以总督荆州。"云长曰："吾已差治中潘濬守之，有何虑
焉？"甫曰："潘濬平生多忌而好利，不可任用。可差军前都
督粮料官赵累代之，赵累其人忠诚廉直，若用此人，万无一
失。"云长曰："吾素知潘濬为人，今既差定，不必更改。赵累
现掌粮料，亦是重事。汝勿多疑，只与我筑烽火台去。"王甫

快快拜辞而行，云长令关平准备船只渡襄江，攻打樊城。

却说曹仁折了二将，退守樊城，谓满宠曰："不听公言，兵败将亡，失却襄阳，如之奈何？"宠曰："云长虎将，足智多谋，不可轻敌，只宜坚守。"

正言间，人报云长渡江而来，攻打樊城。仁大惊。宠曰："只宜坚守。"部将吕常奋然曰："某乞兵数千，愿挡来军于襄江之内。"宠谏曰："不可。"吕常怒曰："据汝等文官之言，只宜坚守，何能退敌？岂不闻兵法云：'军半渡可击。'今云长军半渡襄江，何不击之？若兵临城下，将至壕边，急难抵挡矣。"

仁即与兵二千，令吕常出樊城迎战。吕常来至江口，只见前面绣旗开处，云长横刀出马。吕常却欲来迎，后面众军见云长神威凛凛，不战先走，吕常喝止不住。云长杀过来，曹兵大败，马步军折其大半。残败军奔入樊城，曹仁急差人求救，将书呈上曹操，言："云长破了襄阳，现围樊城甚急，望拨大将前来救援。"

曹操指班部内一人而言曰："汝可去解樊城之围。"其人应声而出，众视之，乃于禁也。禁曰："某求一将做先锋，领兵同去。"操又问众人曰："谁敢做先锋？"一人奋然出曰："某愿施犬马之劳，生擒关某，献于麾下。"

操视之，乃庞德也。操大喜曰："关某威震华夏，未逢对手，今遇令名，真劲敌也。"遂加于禁为征南将军，加庞德为征西都先锋,大起七军,前往樊城。这七军,皆北方强壮之士。两员领军将校,一名董衡,一名董超,当日引各头目参拜于禁。董衡曰:"今将军提七支重兵,去解樊城之危,期在必胜,乃用庞德为先锋,岂不误事?"禁惊问其故。衡曰:"庞德原系马超手下副将,不得已而降魏,今其故主在蜀,职居五虎上将,况其亲兄庞柔亦在西川为官,今使他为先锋,是泼油救火也。将军何不启知魏王,别换一人去?"

禁闻此语,遂连夜入府启知曹操,操省悟,即唤庞德至阶下,令纳下先锋印。德大惊曰:"某正欲与大王出力,何故不肯见用?"操曰:"孤本无猜疑,但今马超现在西川,汝兄庞柔亦在西川,俱佐刘备,孤纵不疑,奈众口何?"

庞德闻之，免冠顿首，流血满面而告曰："某自汉中投降大王，每感厚恩，不能补报，大王何疑于德也？德昔在故乡时，与兄同居，嫂甚不贤，德乘醉杀之，兄恨德入骨髓，誓不相见，恩已断矣。故主马超，孤身入川，今与德各事其上，旧义已绝。德感大王恩遇，安敢有异志？唯大王察之。"操乃扶起庞德，抚慰曰："孤素知卿忠义，前言特以安众人之心耳，卿可努力建功，卿不负孤，孤亦必不负卿也。"

德拜谢回家，令匠人造一棺材。次日，请诸友赴席，德举杯谓亲友曰："吾今去樊城，与关某决战。我若不能杀彼，必为彼所杀；即不为彼所杀，我亦当自杀。故先备此棺，以示无空回之理。"众皆嗟叹。临行谓部将曰："吾今去与关某死战。我若被关某所杀，汝等急取吾尸置此棺中；我若杀了关某，吾亦即取其首，置在棺内回献魏王。"部将五百人皆曰："将军如此忠勇，某等敢不竭力相助？"

于是引军前进，有人将此书报知曹操，操喜曰："庞德忠勇如此，孤何忧焉！"贾诩曰："庞德恃血气之勇，欲与关某决死战，臣窃虑之。"操然其言，急令人传旨戒庞德曰："关某智勇双全，切不可轻敌，可取则取，不可取则宜谨守。"庞德闻命，谓众将曰："大王何重视关某也！吾料此去，当挫关某三十年之声价。"禁曰："魏王之言，不可不从。"德奋然趱军前至樊城，耀武扬威，鸣锣击鼓。

却说关公正坐帐中，忽探马飞报："曹操差于禁为将，领七支精壮兵到来。前部先锋庞德,军前抬一木棺,口出不逊之言,誓欲与将军决一死战。兵离城只三十里矣。"关公闻言,勃然变色,美髯飘动,大怒曰:"天下英雄,闻吾之名,无不畏服,庞德竖子,何敢藐视吾耶!关平一面攻打樊城,吾自去斩此匹夫,以雪吾恨!"平曰:"父亲不可以泰山之重,与顽石争高下,儿愿代父去战庞德。"关公曰:"汝试一往,吾随后便来接应。"

关平出帐,提刀上马,领兵来迎庞德。两阵对圆,魏营一面皂旗上大书"南安庞德"四个白字,庞德青袍银铠,钢刀白马,立于阵前,背后五百军兵紧随,步卒数人肩抬木棺而出。关平大骂庞德:"背主之贼!"庞德问部卒曰:"此何人也?"或答曰:"此关公义子关平也。"德叫曰:"吾奉魏王旨,来取汝父之首,汝乃疥癞小儿,吾不杀汝!快唤汝父来!"平大怒,纵马舞刀,来取庞德。德横刀来迎。战三十合,不分胜负,两家各歇。

早有人报知关公。公大怒,命廖化去攻樊城,自己亲来迎敌庞德。关平接着,言与庞德交战,不分胜负。关公随即横刀出马,大叫曰:"关云长在此,庞德何不早来受死!"鼓声响处,庞德出马曰:"吾奉魏王旨,特来取汝首,恐汝不信,备棺在此。汝若怕死,早下马受降!"关公大骂曰:"量汝一匹夫,亦何能为!可惜我青龙刀斩汝鼠贼!"纵马舞刀,来取庞德。德抡刀来迎。二将战有百余合,精神倍长。两军各看

得呆了。魏军恐庞德有失，急令鸣金收军。关平恐父年老，亦急鸣金。二将各退，庞德归寨，对众曰："人言关公英雄，今日方信也。"正言间，于禁至。相见毕，禁曰："闻将军战关公，百合之上，未得便宜，何不且退军避之？"德奋然曰："魏王命将军为大将，何太弱也！吾来日与关某共决一死，誓不退避！"禁不阻而回。

却说关公回寨，谓关平曰："庞德刀法惯熟，真吾敌手。"平曰："俗云，初生之犊不惧虎。父亲纵然斩了此人，只是西羌一小卒耳，倘有疏虞，非所以重伯父之托也。"关公曰："吾不杀此人，何以雪恨？吾意已决，再勿多言。"次日，上马引兵前进，庞德亦引兵来迎。两阵对圆，二将齐出，更不打话，出马交锋。斗至五十余合，庞德拨回马头拖刀而走。关公从后追赶。关平恐有疏失，亦随后赶去。关公口中大骂："庞贼欲使拖刀计，吾岂惧汝！"

原来庞德虚作拖刀势，却把刀就鞍上挂住，偷拽雕弓，搭上箭，射将来。关平眼快，见庞德拽弓，大叫："贼将休放冷箭！"关公睁眼看时，弓弦响处，箭早到来，躲闪不及，正中左臂。关平马到，救父回营。庞德勒回马抡刀赶来，忽听得本营锣声大震，德恐后军有失，急勒马回。原来于禁见庞德射中关公，恐他成了大功，灭禁威风，故鸣金收军。

庞德回马，问何故鸣金。于禁曰："魏王有戒，关羽智勇双全。他虽中箭，只恐有诈，故鸣金收军。"德曰："若不收军，吾已斩了此人也。"禁曰："紧行无好步，当缓图之。"庞德不知于禁之意，只懊悔不已。

却说关公回营，拔了箭头。幸得箭射不深，用金疮药敷之。关公痛恨庞德，谓众将曰："吾誓报此一箭之仇！"众将对曰："将军且待安息几日，然后与战未迟。"

次日，人报庞德引军搦战。关公就要出战，众将劝住。庞德令小军毁骂。关平把住隘口，吩咐众将休报知关公。庞德搦战十余日无人出迎，乃与于禁商议曰："眼见此人箭疮举发，不能动止，不若乘此机会，统七军一拥杀人寨中，可救樊城之围。"

于禁恐庞德成功，只把魏王戒旨相推，不肯动兵。庞德累欲动兵,于禁只不允,乃移七军转过山口,离樊城北十里依山下寨。禁自领兵截断大路,令庞德屯兵于谷后,使德不能进兵成功。

却说关平见关公箭疮已合,甚是喜悦。忽听得于禁移七军于樊城之北下寨,未知其谋,即报知关公。公遂上马,引数骑上高阜处望之,见樊城城上旗号不整,军士慌乱,城北十里山谷之内,屯着军马,又见襄江水势甚急。看了半晌,唤向导官问曰:"樊城北十里山谷,是何地名?"对曰:"罾口川也。"关公喜曰:"于禁必为我擒矣。"

众将未信。公回本寨,时值八月秋天,骤雨数日。公令人预备船筏,收拾水具。关平问曰:"陆地相持,何用水具?"公曰:"非汝所知也,于禁七军不屯于广易之地,而聚于罾口川险隘之处,方今秋雨连绵,襄江之水,必然泛涨,吾已差人掩住各处水口,待水发时,乘高就船,放水一淹,樊城、罾口川之兵,皆为鱼鳖矣。"关平拜服。

却说魏军屯于罾口川,连日大雨不止。督将成何来见于禁曰:"大军屯于川口,地势甚低,虽有土山,离营稍远,即今秋雨连绵,军士艰辛。近有人报说荆州兵移于高阜处,又于汉水口预备船筏,倘江水泛涨,我军危矣,宜早为计。"于禁叱曰:"匹夫惑吾军心耶!再有多言者斩之!"成何羞惭而退,却来见庞德,说此事。德曰:"汝所见甚当,于将军不肯移兵,吾明日自移军屯于他处。"

计议方定，是夜风雨大作。庞德坐在帐中，只听得万马争奔，征鼙震地。德大惊，急出帐上马看时，四面八方，大水骤至。七军乱窜奔走，随波逐浪者，不计其数，平地水深丈余。于禁、庞德与诸将各登小山避水。比及平明，关公及诸将皆摇旗鼓噪，乘大船而来。于禁见四下无路，左右只有五六十人，料不能逃，口称愿降。关公令尽去衣甲，拘收入船，然后来擒庞德。

时庞德并二董及成何与步卒五百人皆无衣甲，立在堤上。见关公来，庞德全无惧怯，奋然前来接战。关公将船四面围定，军士一齐放箭，射死魏兵大半。董衡、董超见势已危，乃告庞德曰："军士折伤大半，四下无路，不如投降。"庞德大怒曰："吾受魏王厚恩，岂肯屈节于人！"遂亲斩董衡、董超于前，厉声曰："再说降者，以此二人为例！"于是众皆奋力御敌。自平明战至日中，勇力倍增。关公催四面急攻，矢石如雨。德令军士用短兵接战，德回顾成何曰："吾闻'勇将不怯死以苟免，壮士不毁节而求生'，今日乃我死日也。汝可努力死战。"

成何依令向前，被关公一箭射落水中。众军皆降，只有庞德一人力战。正遇荆州数十人，驾小船近堤来，德提刀飞身一跃，早上小船，立杀十余人。余皆弃船赴水而逃。庞德一手提刀，一手使短棹，欲向樊城而走，只见上流头，一将撑大筏而至，将小船撞翻，庞德落于水中。船上那将跳下水去,生擒庞德上船。众视之,擒庞德者,乃周仓也。仓素知水性,又在荆州住了数年,愈加惯熟,更兼力大,因此擒了庞德。于禁所领七军,皆死于水中。其会水者料无去路,亦俱投降。

关公回到高阜去处,升帐而坐。群刀手押过于禁来。禁伏于地,乞哀请命。关公曰:"汝怎敢抗吾?"禁曰:"上命差遣,身不由己,望君侯怜悯,誓以死报。"公绰髯笑曰:"吾杀汝,犹杀猪狗耳,空污刀斧!"令人缚送荆州大牢内监候。"待吾回,别做区处。"

发落去讫,关公又命押过庞德。德睁眉怒目,立而不跪。关公曰:"汝兄现在汉中,汝故主马超,亦在汉中为大

将,汝如何不早降?"德大怒曰:"吾宁死于刀下,岂降汝耶!"骂不绝口。公大怒,喝令刀斧手推出斩之,德引颈受刑。关公怜之,将他埋葬。

# 走麦城

却说关公擒了于禁，斩了庞德，威名大聚，华夏皆惊。探马报到许都。曹操大惊，聚文武商议曰："某素知云长智勇盖世，今据荆襄，如虎生翼。于禁被擒，庞德被斩，魏兵挫锐，倘彼率兵直至许都，如之奈何？孤欲迁都以避之。"

司马懿谏曰："不可。于禁等被水所淹，非战之故，于国家大计本无所损。今孙、刘失好，云长得志，孙权必不喜。大王可遣使去东吴，陈说利害，令孙权暗暗起兵追云长之后，许事平之日，割江南之地以封孙权，则樊城之危自解矣。"主簿蒋济曰："仲达之言是也，今可即发使往东吴，不必迁都动众。"

操依允，遂不迁都，令一面遣使致书东吴，一面必得一大将以挡云长之锐。

言未毕，阶下一将应声而出曰："某愿往。"操视之，乃徐晃也。操大喜，遂拨精兵五万，令徐晃为将，吕建副之，克日起兵，前到杨陵陂驻扎，看东南有应，然后前进。

却说孙权接得曹操书信，览毕，欣然应允，即修书发付使者先回。

吕蒙

乃聚文武商议。张昭曰："近闻云长擒于禁,斩庞德,威震华夏,操欲迁都而避其锋。今樊城危急,遣使求救,事定之后,恐有反复。"

权未及发言,忽报吕蒙乘小舟自陆口来,有事面禀。权召入问之。蒙曰："今云长提兵围樊城,可乘其远出,袭取荆州。"权曰："孤欲北取徐州,如何?"蒙曰："今操远在河北,未暇东顾。徐州守兵无多,往自可克,然其地势利于陆战,不利水战,纵然得之,亦难保守。不如先取荆州,全据长江,别做良图。"权曰："孤本欲取荆州,前言特以试卿耳。卿可速为孤图之。孤当随后便起兵也。"

吕蒙辞了孙权,回至陆口。早有哨马报说:"沿江上下,
或二十里,或三十里,高阜处各有烽火台。"又闻荆州军马整
肃,预有准备。蒙大惊曰:"若如此,急难图也,我一时在吴
侯面前劝取荆州,今却如何处置?"寻思无计,乃托病不出,
使人回报孙权。权闻吕蒙患病,心甚快快。陆逊进言曰:
"吕子明之病,乃诈耳,非真病也。"权曰:"汝既知其诈,可往
视之。"

陆逊领命,是夜至陆口寨中,来见吕蒙,果然面无病色。
逊曰:"某奉吴侯命,敬探子明贵恙。"蒙曰:"贱躯偶病,何劳
探问?"逊曰:"吴侯以重任付公,公不乘时而动,空怀郁结,
何也?"蒙目视陆逊,良久不语。逊又曰:"愚有小方,能治将
军之疾,未审可用否?"蒙乃屏退左右而问曰:"有何良方,乞

早赐教。"逊笑曰："子明之疾,不过因荆州兵马整肃,沿江有烽火台之备耳。予有一计,令沿江守吏,不能举火,荆州之兵,束手归降,可乎?"

蒙惊谢曰："伯言之语,如见我肺腑。愿闻良策。"陆逊曰："云长倚恃英雄,自料无敌,所虑者唯将军耳。将军乘此机会,托疾辞职,以陆口之任让之他人,使他人卑辞赞美关公,以骄其心,彼必尽撤荆州之兵,以向樊城,若荆州无备,用一旅之师,别出奇计以袭之,则荆州在掌握之中矣。"蒙大喜曰："真良策也。"

由是吕蒙托病不起,上书辞职。陆逊回见孙权,具言前计。孙权乃召吕蒙还建业养病。蒙至,入见权。权问曰："陆口之任,昔周公瑾荐鲁子敬以自代,后子敬又荐卿自代,今卿亦须荐一才望兼隆者代卿为妙。"蒙曰："若用望重之人,云长必然防备。陆逊意思深长,而未有远名,非云长所忌,若即用以代臣之任,必有所济。"

权大喜,即日拜陆逊为偏将军、右都督,代蒙守陆口。逊谢曰："某年幼无学,恐不堪大任。"权曰："子明保卿,必不差错。卿毋得推辞。"逊乃拜受印绶,连夜往陆口。交割马步水三军已毕,即修书一封,具名马、异锦、酒礼等物,遣使赍赴樊城见关公。

时公正将息箭疮,按兵不动,忽报："江东陆口守将吕蒙病危,孙权取回调理,近拜陆逊为将,代吕蒙守陆口。今逊差人赍书具礼，特来拜见。"关公召入，指来使而言曰："汝主见识短浅，用此孺子为将！"来使伏地告曰："陆将军呈书备礼，一来与君侯作贺，二来求两家和好，幸乞笑留。"公拆书视之，书词极其卑谨。关公览毕，仰面大笑，令左右收了礼物，发付使者回去。使者回见陆逊曰："关公欣喜，无复有忧江东之意。"

逊大喜，密遣人探得关公果然撤荆州一半兵赴樊城听调，只待箭疮痊可，便欲进兵。逊察知备细，即差人星夜报知孙权。

权遂拜吕蒙为大都督，总制江东诸路军马。蒙点兵三万，快船八十余只，选会水者扮作商人，皆穿白衣，在船上摇橹，却将精兵伏于船中。次调韩当、周泰、蒋钦、朱然、潘璋、徐盛、丁奉等七员大将，相继而进。其余皆随吴侯为合后救应。一面遣使致书曹操，令进兵以袭云长之后；一面先传报陆逊，然后发白衣人，驾快船往浔阳江去。昼夜趱行，直抵江岸。江边烽火台上，守台军士盘问时，吴人答曰："我等皆是客商，因江中阻风，到此一避。"随将财物送与守台军士，军士信之，遂任其停泊江边。

约至二更，船中精兵齐出，将烽火台上军士缚倒，又将紧要去处墩台之军尽行捉入船中，不曾走了一个。于是长驱大进，径取荆州，无人知觉。将至荆州，吕蒙将沿江墩台所获军士，用好言抚慰，个个重赏，令赚开城门，纵火为号。

众军领命，吕蒙便教前导。比及半夜，到城下叫门。门吏认得是荆州之兵，开了城门。众军一声喊起，就城门里放起号火。吴兵齐入，袭了荆州。吕蒙便传令，原任官吏，并依旧职。将关公家属另养别宅，不许闲人搅扰。一面遣人申报孙权。

不一日，孙权领众至，吕蒙出郭迎接入衙。权慰劳毕，仍命潘濬为治中，掌荆州事，监内放出于禁，遣归曹操，安民赏军，设宴庆贺。权谓吕蒙曰："今荆州已得，但公安傅士仁、南郡糜芳，此二处如此收复？"

言未毕，忽一人出曰："不需张弓支箭，某凭三寸不烂之舌，说公安傅士仁来降，可乎？"众视之，乃虞翻也。权曰："汝有何良策，可使傅士仁归降？"翻曰："某自幼与士仁交厚，今若以利害说之，彼必归降。"权大喜，遂令虞翻领五百军，径奔公安来。

却说傅士仁听知荆州有失，急命闭城坚守。虞翻至，见城门紧闭，遂写书拴于箭上，射入城中。军士拾得，献与傅士仁。士仁拆书视之，乃招降之意。览毕，想起关公去日恨己之意，不如早降，即命大开城门，请虞翻入城。二人礼毕，各诉旧情。翻说吴侯宽宏大度，礼贤下士。士仁大喜，即同虞翻赍印绶来荆州投降，孙权大悦，仍令去守公安。

吕蒙密谓权曰："今云长未获，留士仁于公安，久必有变,不若使往南郡招糜芳归降。"权乃召傅士仁谓曰:"糜芳与卿交厚,卿可招来归降,孤自当有重赏。"傅士仁慨然领诺,遂引十余骑,径投南郡招降糜芳。

却说糜芳闻荆州有失,正无计可施。忽报公安守将傅士仁至,芳忙接入城,问其事故。士仁曰:"吾非不忠,势危力困,不能支持,我今已降东吴,将军亦不如早降。"芳曰:"吾等受汉中王厚恩,安忍背之?"士仁曰:"关公去日,痛恨吾二人,倘一日得胜而回,必无轻恕。公细察之。"芳曰:"吾兄弟久事汉中王,岂可一朝相背?"

正犹豫间,忽报关公遣使至,接入厅上。使者曰:"关公军中缺粮,特来南郡、公安二处取白米十万石,令二将军星夜解去军前交割。如迟立斩。"芳大惊,顾谓傅士仁曰:"今荆州已被东吴所取,此粮怎得过去?"士仁厉声曰:"不必多疑!"遂拔剑斩来使于堂上。芳惊曰:"公如何?"士仁曰:"关公此意,正要斩我二人,我等安可束手受死?公今不早降东吴,必被关公所杀。"

正说间,忽报吕蒙引兵杀至城下。芳大惊,乃同傅士仁出城投降。蒙大喜,引见孙权。权重赏二人。安民已毕,大犒三军。

时曹操在许都,正与众谋士议荆州之事,忽报东吴遣使奉书至。操召入,使者呈上书信,操拆视之。书中具言吴兵将袭荆州,求操夹攻云长,且嘱勿泄漏,使云长有备也。操与众谋士商议。主簿董昭曰："今樊城被困，引颈望救，不如令人将书射入樊城，以宽军心，且使关公知东吴将袭荆州。彼恐荆州有失，必速退兵，却令徐晃乘势掩杀，可获全功。"操从其谋，一面差人催徐晃急战，一面亲统大兵，径往洛阳之南阳陆坡驻扎，以救曹仁。

却说徐晃正坐帐中，忽报魏王使至。晃接入问之，使曰："今魏王引兵，已过洛阳，令将军急战关公，以解樊城之困。"

正说间，探马报说："关平屯兵在偃城，廖化屯兵在四冢，前后一十二个寨栅，连绵不绝。"晃即差副将徐商、吕建，假着徐晃旗号，前赴偃城与关平交战。晃却自引精兵五百，循沔水去袭偃城之后。

且说关平闻徐晃自引兵至，遂提本部兵迎敌。两阵对圆，关平出马，与徐商交锋，只三合，商大败而走。吕建出战，五六合亦败走。平乘势追杀二十余里，忽报城中火起。平知中计，急勒兵回救偃城，正遇一彪军摆开，徐晃立马在门旗下，高叫曰："关平贤侄，好不知死！汝荆州已被东吴夺了，还在此狂为！"

平大怒，纵马抡刀，直取徐晃。不三四合，三军呐喊，偃城中火光大起。平不敢恋战，杀条大路，径奔四冢寨来。廖化接着。化曰："人言荆州已被吕蒙袭了，军心惊慌，如之奈何？"平曰："此必讹言也。军士再言者，斩之。"

忽流星马到,报说正北第一屯被徐晃领兵攻打。平曰:
"若第一屯有失,诸营岂得安宁? 此间皆靠沔水,贼兵不敢
到此,吾与汝同去救第一屯。"廖化唤部将吩咐曰:"汝等坚
守营寨,如有贼到,即便举火。"部将曰:"四冢寨鹿角十重,
虽飞鸟亦不能入,何虑贼兵?"于是关平、廖化尽起四冢寨精
兵,奔至第一屯驻扎。关平看见魏兵屯于浅山之上,谓廖化
曰:"徐晃屯兵,不得地利,今夜可引兵劫寨。"化曰:"将军可
分兵一半前去,某当谨守本寨。"

是夜关平引一支兵杀入魏寨,不见一人。平知是计,火
速退时。左边徐商,右边吕建,两下夹攻。平大败回营,魏
兵乘势追杀前来,四面围住。关平、廖化支持不住,弃了第
一屯,径投四冢寨来,早望见寨中火起。急到寨前,只见皆

是魏兵旗号，关平等退兵，忙奔樊城大路而走。前面一军拦住，为首大将，乃是徐晃也。平、化二人奋力死战，夺路而走，回到大寨，来见关公曰："今徐晃夺了偃城等处，又兼曹操自引大军，分三路来救樊城，多有人言荆州已被吕蒙袭了。"关公喝曰："此敌人讹言，以乱我军心耳！东吴吕蒙病危，孺子陆逊代之，不足为虑！"

言未毕，忽报徐晃兵至，公令备马，平谏曰："父体未痊，不可与敌。"公曰："徐晃与我有旧，深知其能，若彼不退，吾先斩之，以警魏将。"遂披挂提刀上马，奋然而出，魏军见之，无不惊惧。公勒马问曰："徐晃安在？"魏营门旗开处，徐晃出马，欠身而言曰："自别君侯，倏忽数载，不想君侯须发已苍白矣。忆昔壮年相从，多蒙教诲，感谢不忘。今幸得一见，深慰渴念。"公曰："吾与汝交契深厚，非比他人，今何故屡困吾儿耶？"晃回顾众将，厉声大叫曰："若取得云长首级者，重赏千金！"公惊曰："汝何出此言？"晃曰："今日乃国家之事，某不敢以私废公。"

言讫，挥大斧直取关公。公大怒，亦挥刀迎之，战八十余合。公虽武艺绝伦，终是箭疮未愈，右臂少力。关平恐公有失，火急鸣金，公拨马回寨。忽闻四下里喊声大震，原来是樊城曹仁闻曹操救兵至，引军杀出城来，与徐晃会合，两下夹攻，荆州兵大乱。关公上马，引众将急奔襄江上流头。背后魏兵追至。关公急渡过襄江，往襄阳而奔。忽流星马到，报说："荆州已被吕蒙所夺，家眷被陷。"关公大惊，不敢奔襄阳，提兵投公安来。探马又报："公安傅士仁已降东吴了。"关公大怒。忽催粮人到，报说："公安傅士仁往南郡，杀了使命，招糜芳都投降东吴了。"

关公闻言，怒气冲塞，疮口迸裂，昏厥于地。众将救醒。公顾谓司马王甫曰："悔不听足下之言，今日果有此事！"因问："沿江上下，何不举火？"探马答曰："吕蒙使水手尽穿白衣，扮作客商渡江，将精兵伏于船中，先擒了守台士卒，因此不得举火。"公跌足叹曰："吾中奸贼之谋！有何面目见兄长耶！"管粮都督赵累曰："今事急矣，可一面差人赴成都求救，一面从旱路去取荆州。"关公依言，差马良、伊籍赍文三道，星夜往成都求救，一面引兵来取荆州，自领前队先行，留廖化、关平断后。

却说樊城围解，曹仁引众将来见曹操，泣拜请罪。操曰："此乃天数，非汝等之罪也。"操重赏三军，因荆州未定，就屯兵于摩陂，以候消息。

却说关公在荆州路上，进退无路。谓赵累曰："目今前有吴兵，后有魏兵，吾在其中，救兵不至，如之奈何？"累曰："昔吕蒙在陆口时，尝致书君侯，两家约好，共诛操贼，今却助操而袭我，是背盟也。君侯暂驻军于此，可差人遗书吕蒙责之，看彼如何对答。"关公从其言，遂修书遣使赴荆州来。

却说吕蒙在荆州，传下号令：凡荆州诸郡，有随关公出征将士之家，不许吴兵搅扰，按月给予粮米，有患病者，遣医治疗。将士之家，感其恩惠，安堵不动。忽报关公使至，吕蒙出郭迎接入城，以宾礼相待。使者呈书与蒙。蒙看毕，谓来使曰："蒙昔日与关将军结好，乃一己之私见；今日之事，乃上命差遣，不得自主。烦使者回报将军，善书致意。"遂设宴款待，送归馆驿安歇。于是随征将士之家，皆来问信，有附家书者，有口传音信者，皆言家门无恙，衣食不缺。

使者辞别吕蒙，蒙亲送出城。使者回见关公，具道吕蒙之语，并说荆州城中，君侯宝眷并诸将家属，俱各无恙，供给不缺。公大怒曰："此奸贼之计也！我生不能杀此贼，死必杀之，以雪我恨！"喝退使者。使者出寨，众将皆来探问家中之事。使者具言各家安好，吕蒙极其恩恤，并将书信传送各将。各将欣喜，皆无战心。

关公率兵取荆州，军行之次，将士多有逃回荆州者。关公愈加恨怒，遂催军前进。忽然喊声大震，一彪军拦住，为首大将，乃蒋钦也。其勒马挺枪大叫曰："云长何不早降！"关公骂曰："吾乃汉将，岂降贼乎！"拍马舞刀，直取蒋钦。不三合，钦败走，关公提刀追杀二十余里，喊声忽起，左边山谷中，韩当领兵冲出，右边山谷中，周泰引军冲出，蒋钦回马复战，三路夹攻。关公急撤军回走。

行无数里，只见南山冈上人烟聚集，一面白旗招展，上写"荆州土人"四字，众人都叫本处人速速投降。关公大怒，欲上冈杀之。山坳内又有两军撞出，左边丁奉，右边徐盛。并合蒋钦等三路军马，喊声震地，鼓角喧天，将关公困在垓心。手下将士，渐渐消疏。

　　比及杀到黄昏，关公遥望四山之上，皆是荆州士兵，呼兄唤弟，觅子寻爷，喊声不住。军心尽变，皆应声而去。关公喝止不住，部从只有三百余人。杀至三更，正东上喊声连天，乃关平、廖化分为两路兵杀入重围，救出关公。关平告曰："军心乱矣，必得城池暂屯，以待援兵。麦城虽小，足可屯扎。"关公从之，催促残军前至麦城，分兵紧守四门，聚将士商议。赵累曰："此处相近上庸，现有刘封、孟达在彼把

守,可速差人往求救兵。若得这支军马接济,以待川兵大至,军心自安矣。"

正议间,忽报吴兵已至,将城四面围定。公问曰:"谁敢突围而出,往上庸求救?"廖化曰:"某愿往。"关平曰:"我愿送汝出重围。"关公即修书付廖化藏于身畔,饱食上马,开门出城。正遇吴将丁奉截住,被关平奋力冲杀。奉败走。廖化乘势杀出重围,投上庸去了。关平入城,坚守不出。

且说刘封、孟达攻取上庸,太守申耽率众归降,因此汉中王加刘封为副将军,与孟达同守上庸。当日探知关公兵败,二人正议间,忽报廖化至。封令请入问之。化曰:"关公兵败,见困于麦城,被围至急。蜀中援兵,不能旦夕即至。特令某突围而出,来此求救。望二将军速起上庸之兵,以救此危。倘稍迟延,公必陷矣。"封曰:"将军且歇,容某计议。"

化乃至馆驿安歇,专候发兵。刘封谓孟达曰:"叔父被困,如之奈何?"达曰:"东吴兵精将勇,且荆州九部,俱已属彼,只有麦城,乃弹丸之地,又闻曹操亲督大军四五十万,屯于摩陂,量我等山城之众,安能敌得两家之强兵!不可轻动。"封曰:"吾亦知之。奈关公是吾叔父,安忍坐视而不救乎?"达笑曰:"将军以关公为叔,恐关公未必以将军为侄也。某闻汉中王初嗣将军之时,关公即不悦。后汉中王登位之后，欲立后嗣，问于孔明。孔明曰：'此家事也，问关、张可矣。'汉中王遂遣人至荆州关公。关公以将军乃螟蛉之子，不可僭立，劝汉中王远置将军于上庸山城之地，以杜后患。此事人人知之，将军岂反不知耶，何今日尚以叔侄之义，而欲冒险轻动乎？"封曰："君言虽是，但以何词却之？"达曰："但言山城初附，民心未定，不敢冒昧兴兵，恐失所守。"

封从其言。次日请廖化至，言："此山城初附之所，未能分兵相救。"化大惊，以首叩地曰："若如此，则关公休矣！"达曰："我今即往，一杯之水，安能救一车薪之火乎？将军速回，静候蜀兵至可也。"化大恸告求，刘封、孟达皆拂袖而入。廖化知事不谐，寻思须告汉中王求救，遂上马大骂出城，往成都而去。

却说关公在麦城盼望上庸兵到，却不见动静，手下只有五六百人，多半带伤，兵中无粮，甚是苦楚。忽报："城下一人教休放箭，有话来见君侯。"公令放入，问之，乃诸葛瑾也。礼毕茶罢，瑾曰："今奉吴侯命，特来劝谕将军。自古道：'识时务者为俊杰。'今将军所统汉上九郡，皆已属他人矣，只有麦城一区，内无粮草，外无援兵，危在旦夕。将军何不从瑾之言，归顺吴侯，复镇荆襄，可以保全家眷。幸君侯熟思之。"

关公正色而言曰："吾乃解县一武夫，蒙吾主以手足相待,安肯背义投敌国乎?兵若破,有死而已。玉可碎而不可改其白,竹可焚而不可毁其节,身虽殒,名可垂于竹帛也。汝勿多言,速请出城。吾欲与孙权决一死战!"瑾曰:"吴侯欲与君侯结秦晋之好,同力破曹,共扶汉室,别无他意,君侯何执迷如是?"

言未毕,关平拔剑而前,欲斩诸葛瑾。公止之曰:"彼弟孔明在蜀,佐汝伯父,今若杀彼,伤其兄弟之情也。"遂令左右逐出诸葛瑾。瑾满面羞惭,上马出城,回见吴侯曰:"关公心如铁石,不可说也。"孙权曰:"真忠臣也,似此如之奈何?"吕范曰:"敌人必不久远奔。"孙权问吕蒙曰:"敌人远奔,卿以何策擒之?"吕蒙曰:"吾料关某兵少,必不从大路而逃。麦城正北有险峻小路,必从此路而去。可令朱然引精兵五千,伏于麦城之北二十里。彼军至,不可与敌,只可随后掩杀。彼军定无战心,必奔临沮。却令潘璋引精兵五百,伏于临沮山僻小路,关某可擒矣。今遣将士各门攻打,只空北门,待其出走。"权大喜,遂令朱然、潘璋领两支精兵,各依军令,埋伏去讫。

且说关公在麦城计点马步军兵,只剩三百余人,粮草又尽,是夜城外吴兵召唤各军姓名,越城而去者甚多,救兵又不见到,心中无计,谓王甫曰:"吾悔昔日不用公言,今日危急,将复如何?"甫哭告曰:"今日之事,虽子牙复生,亦无计可施也。"赵累曰:"上庸救兵不至,乃刘封、孟达按兵不动之

故。何不弃此孤城,奔入西川,再整兵来,以图恢复?"公曰:"吾亦欲如此。"遂上城观之,见北门外敌军不多,因问本城居民:"此去往北地势若何?"答曰:"此去皆是山僻小路,可通西川。"公曰:"今夜可走此路。"王甫谏曰:"小路有埋伏,可走大路。"公曰:"虽有埋伏,吾何惧哉!"即下令:马步官军,严整装束,准备出城。甫哭曰:"君侯于路,小心保重!某与部卒百余人,死据此城,城虽破,身不降也!专望君侯速来救援!"

公亦与泣别,遂留周仓与王甫同守麦城。关公自与关平、赵累引残卒二百余人出北门。关公横刀前进,行至初更以后,约走二十余里,只见山坳处,金鼓齐鸣,喊声大震,一彪军到，为首大将朱然骤马挺枪叫曰："云长休走！趁早投降，免得一死！"公大怒，拍马抢刀来战。朱然便走。公乘势追杀，一棒鼓响，四下伏兵皆起。公不敢战，往临沮小路而走。朱然率兵掩杀。

关公所随之兵，渐渐稀少。走不得四五里，前面喊声又震，火光大起，潘璋骤马舞刀杀来。公大怒，抢刀相迎，只三合，潘璋败走。公不敢恋战，急往山路而走。背后关平赶来，报说赵累已死于乱军中矣。关公不胜悲惶，遂令关平断后。公自在前开路，随行只剩得十余人。行至决石，两下是山，山边皆芦苇败草，树木丛杂。时已五更将尽。

正走之间，一声喊起，两下伏兵尽出，长钩套索，一齐并举，先把关公坐下马绊倒。关公翻身落马，被潘璋部将马忠所获。关平知父被擒，火速来救，背后潘璋、朱然率兵齐至，把关平四下围住。平孤军独战，力尽亦被执。至天明，孙权闻关公父子已被擒获，大喜，聚众将于帐中。

少时，马忠簇拥关公至前。权曰："孤久慕将军盛德，欲结秦晋之好，何相弃耶？公平昔自以为天下无敌，今日何由被吾所擒？将军今日还服孙权否？"关公厉声骂曰："碧眼小儿！吾与刘皇叔桃园结义，誓扶汉室，岂与汝叛汉之贼为伍耶？我今误中奸计，有死而已，何必多言！"

权回顾众官曰："云长世之豪杰，孤深爱之，今欲以礼相待，劝使归降，如何？"主簿左咸曰："不可。昔曹操得此人

国韵故事汇

时,封侯赐爵,三日一小宴,五日一大宴,上马一提金,下马一提银,如此恩礼,毕竟留之不住,听其斩关杀将而去,致使今日反为所逼,几欲迁都以避其锋。今主公既已擒之,若不即除,恐贻后患。"

孙权沉吟半晌,曰:"斯言是也。"遂命推出。于是关公父子皆遇害。时建安二十四年冬十月也,关公亡年五十八岁。

关公既殁,坐下赤兔马被马忠所获,献与孙权。权即赐马忠骑坐,其马数日不食草料而死。

却说王甫在麦城中,骨颤肉惊,乃问周仓曰:"昨夜梦见主公浑身血污,立于前,急问之,忽然惊觉。不知主何吉

凶?"正说间,忽报吴兵在城下,以关公父子首级招降。王甫、周仓大惊,急登城视之,果是关公父子首级也。王甫大叫一声,堕地而死,周仓亦自刎而亡。于是,麦城亦属东吴。

# 火烧连营

话说汉献帝建安二十五年正月,曹操患病身死,其子曹丕不久篡汉自立。消息传到成都,百官皆劝刘玄德为帝,以存汉统。玄德再三推辞,不得已遂于四月即帝位(历史上称为先主),改元章武元年。立妃吴氏为皇后,长子刘禅为太子。封诸葛亮为丞相,许靖为司徒。大小官僚,一一升赏。大赦天下。

次日设朝,文武官僚拜毕,列为两班。先主降诏曰:"朕自桃园与关、张结义,誓同生死。不幸二弟云长,被东吴孙权所害。不报仇,是负盟也。朕欲起倾国之兵,攻伐东吴,生擒逆贼,以雪此恨!"赵云谏曰:"国贼乃曹操,非孙权也。今曹丕篡汉,神人共怒。陛下可早图关中,屯兵渭河上流,以讨凶逆,则关东义士,必裹粮策马以迎王师。若舍魏以伐吴,兵势一交,岂能骤解?愿陛下察之。"先主曰:"孙权害了朕义弟,又兼傅士仁、糜芳、潘璋、马忠皆有切齿之仇,卿何阻耶?"遂不听赵云之谏,下令起兵

刘备

伐吴，且发使往五溪，借番兵五万，共相策应。一面差使往阆中，迁张飞为车骑将军，领司隶校尉，封西乡侯，兼阆中牧。使命赍诏而去。

却说张飞在阆中，闻知关公被东吴所害，旦夕号泣，血湿衣襟。诸将以酒劝解，酒醉，怒气愈加。帐上帐下，但有犯者即鞭挞之，多有鞭死者。每日望南切齿睁目怒恨，放声痛哭不已。忽报使至，慌忙接入，开读诏旨。飞受爵往北拜毕，设酒款待来使。

飞曰："吾兄被害，仇深似海，朝廷之臣，何不早奏兴兵？"使者曰："多有劝先灭魏而后伐吴者。"飞叹曰："是何言也！昔我三人桃园结义，誓同生死，今不幸二兄半途而逝，吾安得独享富贵耶？吾当面见天子，愿为前部先锋，挂孝伐吴，生擒逆贼，祭告二兄，以践前盟！"言讫，就同使者往成都而来。

却说先主每日自下教场操演军马，忽报张飞到来，先主急召入。飞至演武厅拜伏于地，抱先主足而哭。先主亦哭。飞曰："陛下今日为君，早忘了桃园之誓！二兄之仇，如何不报？"先主曰："多官谏阻，未敢轻举。"飞曰："他人岂知昔日之盟？若陛下不去，臣舍此躯与二兄报仇！若不

能报时，臣宁死不见陛下也！"先主曰："朕与卿同往。卿提本部兵，自阆州而出，朕统精兵，会于江州，共伐东吴，以雪此恨。"飞临行，先主曰："朕素知卿酒后暴怒，鞭打健儿，而复令在左右，此取祸之道也。今后务宜宽容，不可如前。"飞拜辞而去。

次日，先主遂命丞相诸葛亮保太子守两川；骠骑将军马超，并弟马岱，助镇北将军魏延守汉中，以挡魏兵；虎威将军赵云为后应，兼督粮草；黄权、程畿为参谋；马良、陈震掌理文书；黄忠为前部先锋；冯习、张南为副将；傅彤、张翼为中军护尉；赵融、廖淳为合后。川将数百员，并五溪番将等，共兵七十五万，择定章武元年七月丙寅日出师。

却说张飞回到阆中，下令军中：限三日内置办白旗白甲，三军挂孝伐吴。次日，帐下两员末将范疆、张达入帐告曰："白旗白甲，一时无措，须宽限方可。"飞大怒曰："吾急欲报仇，恨不明日便到逆贼之境。汝安敢违我将令！"叱武士缚于树上，各鞭背五十。鞭毕，以手指之曰："来日俱要完备！若违了限，即杀汝二人示众！"打得二人满口出血，回到营中商议。

范疆曰："今日受了刑责，着我等如何办得？其人性暴如火，倘来日不完，你我皆被杀矣！"张达曰："比如他杀我，不如我杀他。"疆曰："怎奈不得近前。"达曰："我两个若不当死，则他醉于床上；若是当死，则他不醉。"二人商议停当。

却说张飞在帐中，神思昏乱，动止恍惚，乃问部将曰："吾今心惊肉颤，坐卧不安，此何意也？"部将答曰："此是君侯思念关公，以致如此。"

飞令人将酒来与部将同饮，不觉大醉，卧于帐中。范、张两贼探知消息，初更时分，各藏短刀，密入帐中，诈言欲禀机密重事，直至床前。原来张飞每睡不合眼，当夜寝于帐中，二贼见他须竖目张，本不敢动手，因闻鼻息如雷，方敢近前，以短刀刺入飞腹。飞大叫一声而亡。时年五十五岁。

二贼当夜割了张飞首级，便引数十人连夜投东吴去了。次日，军中闻知，起兵追之不及。时有张飞部将吴班，向自荆州来见先主，先主用为牙门将，使佐张飞守阆中。当下吴班先发表章，奏知天子，然后令长子张苞具棺椁盛贮，令弟张绍守阆中。苞自来报先主。时先主已择期出师，大小官员，皆随孔明送十里方回。

却说先主是夜寝卧不安，因此按兵不动。忽侍臣奏曰："阆中张车骑部将吴班，差人赍表至。"及览表，得知张飞凶信，不觉放声大哭，昏厥于地。众官救醒。

次日，人报一队军马骤风而至。先主出营观之，良久，见一员小将，白袍银铠，滚鞍下马，伏地而哭，乃张苞也。苞曰："范疆、张达杀了臣父，将首级投东吴去了！"先主哀痛至极，饮食不进。君臣苦谏，先主方继进膳。遂谓张苞曰："卿与吴班敢引本部军做先锋，为卿父报仇否？"苞曰："为国为父，万死不辞！"

先主正欲遣苞起兵，又报一彪军至。先主令侍臣探之。须臾，侍臣引一小将军，白袍银铠，入营伏地而哭。先主视之，乃关兴也。先主见了关兴，想起关公，又放声大哭。众官苦劝。先主曰："朕想布衣时，与关、张结义，誓同生死，朕今为天子，正欲与两弟共享富贵，不幸俱死于非命！见此二侄，能不悲伤！"

过了数日，吴班兵到，先主下诏使吴班为先锋，令张苞、关兴护驾。水陆并进，船骑双行。浩浩荡荡，杀奔吴国来。

早有细作报说："蜀主引本国大兵及蛮王沙摩柯番兵数万，又有洞溪汉将杜路、刘宁二支兵，水陆并进，声势震天。水路军已出巫口，旱路军已到秭归。"孙权乃问文武曰："蜀兵势大，如之奈何？"众皆默然。权叹曰："周郎之后有鲁肃，鲁肃之后有吕蒙，今吕蒙已死，无人与孤分忧也！"

言未毕，忽班部中一少年将，奋然而出，伏地奏曰："臣虽年幼，颇习兵书。愿乞数万之兵，以破蜀兵。"权视之，乃孙桓也。桓字叔武，其父名河，本姓俞氏，孙策爱之，赐姓孙，因此亦系吴王宗族。河生四子，桓居其长，弓马熟娴，常从吴王征讨，累立奇功，官授武卫都尉，年二十五岁。

权曰："汝有何策胜之？"桓曰："臣有大将二员，一名李异,一名谢旌,俱有万夫不当之勇。乞数万之众,往擒刘备。"权曰:"侄虽英勇,争奈年幼,必得一人相助,方可。"虎威将军朱然出曰:"臣愿与小将军同擒刘备。"权许之,遂点水陆军五万,封孙桓为左都督,朱然为右都督,即日起兵。哨马探得蜀兵已至宜都下寨,孙桓引二万五千军马,屯于宜都界口,前后分作三营,以拒蜀兵。

却说蜀将吴班领先锋之印,自出川以来,所到之处望风而降,兵不血刃,直到宜都。探知孙桓在彼下寨,飞奏先主。时先主已到秭归,闻奏怒曰:"量此小儿,安敢与朕抗耶!"关兴奏曰:"既孙权令此子为将,不劳陛下遣大将,臣愿往擒之。"先主曰:"朕正欲观汝壮气。"即命关兴前往。兴拜辞欲行,张苞出曰:"既关兴前去讨战,臣愿同行。"先主曰:"二侄同行甚妙,但须谨慎,不可造次。"

二人拜辞先主,会合先锋,一同进兵,列成阵势。孙桓听知蜀兵大至,合寨多起。两阵封圆,桓领李异、谢旌立马于门旗之下,见蜀营中行出二员大将,皆银盔银铠,白马白旗,上首张苞挺丈八点钢矛,下首关兴横着大砍刀。苞大骂曰:"孙桓贼子!死在临时,尚敢抗拒大兵乎?"桓亦骂曰:"汝父做无头之鬼,今汝又来讨死,好生不智!"

张苞大怒,挺枪直取孙桓。桓背后谢旌,骤马来迎。两将战有三十余合,旌败走,苞乘胜赶来。李异见谢旌败了,慌忙拍马抡蘸金斧接战。张苞与战二十余合,不分胜负。

吴军中裨将谭雄见张苞英勇,李异不能胜,却放一冷箭,正射中张苞所骑之马。那马负痛奔回本阵,未到门旗边,扑地便倒,将张苞掀在地上。李异急向前抡起大斧,往张苞脑袋便砍。忽一道红光闪处,李异头早落地。原来关兴见张苞马回,正待接应,忽见张苞马倒,李异赶来,兴大喝一声,劈李异于马下,救了张苞,乘势掩杀。孙桓大败。各自鸣金收军。

次日,孙桓又引军来。张苞、关兴齐出。关兴立马于阵前,单搦孙桓交锋。桓大怒,拍马挥刀,与关兴战三十余合,气力不加,大败回阵。二小将追杀入营,吴班引着张南、冯习驱兵掩杀。张苞奋勇当先，杀入吴军。正遇谢旌，被苞一矛刺死。吴军四散奔走。蜀将得胜收军，只不见了关兴。张苞大惊，当即绰枪上马去寻，寻不数里，只见关兴左手提刀，右手活挟一将。苞问曰："此是何人？"兴笑答曰："吾在乱军中，正遇仇人，故生擒来。"苞视之，乃昨日放冷箭的谭雄也。苞大喜，同回本营，斩首沥血，祭了死马，遂写表差人赴先主处报捷。

孙桓折了李异、谢旌、谭雄等许多将士，力穷势孤，不能抵敌，即差人回吴求救。蜀将张南、冯习谓吴班曰："目今吴兵势败，正好乘虚劫寨。"班曰："孙桓虽然折了许多将士，朱然水军现今结营江上，未曾损折。今日若去劫寨，倘水军上岸，断我归路，如之奈何？"南曰："此事至易。可教关、张二将军，各引五千军伏于山谷中，如朱然来救，左右两军齐出夹攻，必然取胜。"班曰："不如先使小卒，诈做降兵，却将劫寨事告知朱然，然见火起，必来救应，却令伏兵击之，则大事济矣。"冯习等大喜，遂依计而行。

却说朱然听知孙桓损兵折将，正欲来救，忽伏路军引几个小卒上船投降。然问之，小卒曰："我等是冯习帐下士卒，因赏罚不明，特来投降，就报机密。"然曰："所报何事？"小卒曰："今晚冯习乘虚要劫孙将军营寨，约定举火为号。"

朱然听毕，即使人报知孙桓。报事人行至半途，被关兴杀了。朱然一面商议，欲引兵去救应孙桓。部将崔禹曰：

"小卒之言，未可深信。倘有疏虞，水陆二军尽皆休矣。将军只宜稳守水寨，某愿替将军一行。"

然从之，遂令崔禹引一万军前去。是夜冯习、张南、吴班分兵三路，直杀入孙桓寨中，四面火起，吴兵大乱，寻路奔走。

且说崔禹正行之间，忽见火起，急催兵前进。刚才转过山来，忽山谷中鼓声大震，左边关兴，右边张苞，两路夹攻。崔禹大惊，方欲奔走，正遇张苞，交马只一合，被苞生擒而回。朱然听知危急，将船往下水退五六十里去了。

孙桓败军逃走，问部将曰："前去何处城坚粮广？"部将曰："此去正北彝陵城，可以屯兵。"桓引败军急往彝陵而走。方进得城，吴班等追至，将城四面围定。关兴、张苞等解崔禹到秭归来，先主大喜，传旨将崔禹斩却，大赏三军。自此威风震动，江南诸将，无不胆寒。

却说孙桓令人求救于吴王，吴王大惊，即召文武商议曰："今孙桓受困于彝陵，朱然大败于江中，蜀兵势大，当复如何？"张昭奏曰："今诸将虽多物故，然尚有十余人，何虑于刘备？可命韩当为正将，周泰为副将，潘璋为先锋，凌统为合后，甘宁为救应，起兵十万拒之。"权依所奏，即命诸将速行。此时甘宁已患痢疾，带病从征。

却说先主从巫峡建平起，直接彝陵地界七百余里，联结四十余寨，见关兴、张苞屡立大功，叹曰："昔日从朕诸将，皆老迈无用矣，复有二侄如此英雄，朕何虑孙权乎！"

正言间，忽报韩当、周泰领兵到来。先主方欲遣将迎敌，近臣奏曰："老将黄忠，引五六人投东吴去了。"先主笑曰："黄忠非反叛之人也，因朕失口误言老者无用，彼必不服老，故奋力去相持矣。"即召关兴、张苞曰："黄忠此去，必然有失。贤侄休辞劳苦，可去相助。略有微功，便可令回，勿使有失。"二小将拜辞先主，引本部军来助黄忠。

却说黄忠随先主伐吴，忽闻先主言老将无用，即提刀上马，引亲随五六人，径到彝陵营中。吴班与张南、冯习接入，问曰："老将军此来，有何事故？"忠曰："吾自长沙跟天子到今，多负勤劳。今虽七旬有余，尚食肉十斤，臂开二石之弓，能乘千里之马，未足为老。咋口主上言吾等老迈无用，故来与东吴交锋，看吾斩将，老也不老！"

正言间，忽报吴兵前部已到，哨马临营。忠奋然而起，出帐上马。冯习等劝曰："老将军且休轻进。"忠不听，纵马而去，吴班令冯习引兵助战。忠在吴军阵前，勒马横刀，单搦先锋潘璋交战。璋引部将史迹出马。迹欺忠年老，挺枪出战，斗不三合，被忠一刀斩于马下。潘璋大怒，挥关公使的青龙刀，来战黄忠。交马数合，不分胜负。忠奋力恶战，璋料敌不过，拨马便走。忠乘势追杀，全胜而回，路逢关兴、张苞。兴曰："我等奉旨来助老将军，既已立了功，速请回营。"忠不听。

次日，潘璋又来搦战。黄忠奋然上马。兴、苞二人要助战，忠不从。吴班要助战，忠亦不从，只自引五千军出迎。战不数合，璋拖刀便走。忠纵马追之，厉声大叫曰："贼将休走！吾今为关公报仇！"追至三十余里，四面喊声大震，伏兵齐出。右边周泰，左边韩当，前有潘璋，后有凌统，把黄忠困在垓心。忽然狂风大起，忠急退时，山坡上马忠引一军出，一箭射中黄忠肩窝，险些落马。

吴兵见忠中箭，一齐来攻。忽后面喊声大起，两路军杀来，吴兵溃散，救出黄忠，乃关兴、张苞也。二小将保送黄忠径到御前营中。忠年老血衰，箭疮痛裂，病甚沉重。先主御驾自来看视，抚其背曰："令老将军中伤，朕之过也！"忠曰："臣乃一武夫耳，幸遇陛下。臣今年七十有五，寿亦足矣。望陛下善保身体，以图中原！"言讫，不省人事。是夜殒于御营。

先主见黄忠气绝，哀伤不已，敕具棺椁，葬于成都。先主叹曰："五虎大将，已亡三人，朕尚不能复仇，深可痛哉！"乃引御林军直至猇亭，大会诸将，分军八路，水陆俱进。水路令黄权领兵，先主自率大军于旱路进发。时章武二年二月中旬也。

韩当、周泰听知先主御驾来征，引兵出迎。两阵对圆，韩当、周泰出马，只见蜀营门旗开处，先主自出，黄罗销金伞盖，左右白旄黄钺，金银旌节，前后围绕。当大叫曰："陛下今为蜀主，何自轻出？倘有疏虞，悔之何及！"先主遥指骂曰："汝等伤朕手足，誓不共立于天地之间！"当回顾众将曰："谁敢冲突蜀兵？"

部将夏恂挺枪出马，先主背后，张苞挺丈八矛纵马而出，大喝一声，直取夏恂。恂见苞声如巨雷，心中惊惧，恰待要走，周泰弟周平见恂抵敌不住，挥刀纵马而来。关兴见了，跃马提刀来迎。张苞大喝一声，一矛刺中夏恂，倒撞下马。周平大惊，措手不及，被关兴一刀斩了。二小将便取韩当、周泰。韩、周二人慌忙入阵。先主视之叹曰："虎父无犬子也！"用御鞭一指，蜀兵一齐掩杀过去。吴兵大败。那八路兵，势如泉涌，杀得那吴军尸横遍野，血流成河。

是时甘宁正在船中养病，听知蜀兵大至，火急上马，正遇一彪蛮兵，人皆披发跣足，皆使弓弩长枪、搪牌刀斧，为首乃是番王沙摩柯，生得面如喷血，碧眼突出，使一个铁蒺藜骨朵，腰带两张弓，威风抖擞。甘宁见其势大，不敢交锋，拨马而走，被沙摩柯一箭射中头颅。宁带箭而走，到了富池口，坐于大树之下而死。

却说先主乘势追杀，遂得猇亭。吴兵四散逃走。先主收兵，只不见关兴。先主慌令张苞等四面跟寻。原来关兴杀入吴阵，正遇仇人潘璋，骤马追之。璋大惊，奔入山谷内，不知所往。兴寻思只在山里，往来寻觅不见。看看天晚，迷踪失路。幸得星月有光，追至山僻之间，时已二更。到一庄上,下马叩门。一老者出问何人。兴曰:"吾是战将,迷路到此。求一饭充饥。"

老人引入,兴见堂内点着明烛,中堂绘画关公神像。兴大哭而拜。老人问曰:"将军何故哭拜?"兴曰:"此吾父也。"老人闻言,即便下拜。兴曰:"何故供着吾父?"老人答曰:"此间皆是尊神地方。在生之日,家家奉侍,何况今日为神乎?老夫只望蜀兵早早报仇。今将军到此,百姓有福矣。"遂置酒食待之,卸鞍喂马。

三更以后，忽门外又一人击户。老人出而问之，乃吴将潘璋亦来投宿。恰入草堂，关兴见了，按剑大喝曰："反贼休走！"璋神魂惊散，欲待转身，早被关兴手起剑落，斩于地上，取心沥血，就关公神像前祭祀。兴得了父亲的青龙偃月刀，却将潘璋首级摽于马项之下，辞了老人，就骑了潘璋的马，往本营而来。老人自将潘璋之尸拖出烧化。

　　关兴行无数里，忽听得人言马嘶，一彪军到来，为首一将，乃潘璋部将马忠也。忠见兴杀了主将潘璋，将首级摽于马项之下，青龙刀又被兴得了，勃然大怒，纵马来取关兴。兴见马忠是害父仇人，气冲牛斗，举青龙刀往忠便砍。忠部下三百军拼力上前，一声喊起，将关兴围在垓心。兴力孤势危。忽见西北上一彪军杀来，乃是张苞。马忠见救兵到来，慌忙引军自退。关兴、张苞一处赶来。赶不数里，前面糜芳、傅士仁引兵来寻马忠。两军相合，混战一场。苞、兴二人兵少，慌忙撤退，回至猇亭，来见先主，献上首级，具言此事。先主惊异，赏犒三军。

　　却说马忠回见韩当、周泰，收聚败军，各分头把守。军士中伤者不计其数。马忠引傅士仁、糜芳于江渚屯扎。当夜三更，军士皆哭声不止。糜芳暗听之，有一伙军言曰："我等皆是荆州之兵，被吕蒙诡计送了主公性命，今刘皇叔御驾亲征，东吴早晚休矣。所恨者，糜芳、傅士仁也。我等何不杀此二贼，去蜀营投降？功劳不小。"又一伙军言曰：不要性急,等个空儿,便就下手。"

糜芳听毕,大惊,遂与傅士仁商议曰:"军心变动,我二人性命难保。今蜀主所恨者,马忠耳,何不杀了他,将首级去献蜀主,告称'我等不得已而降吴,今知御驾前来,特地诣营请罪'?"仁曰:"不可!去必有祸。"芳曰:"蜀主宽仁厚德,且今阿斗太子是我外甥,彼但念我国戚之情,必不肯加害。"

二人计较已定,先备了马。三更时分,入帐刺杀马忠,将首级割了,二人带数十骑径投猇亭而来。伏路军人,先引见张南、冯习,具说其事。次日,到御级中来见先主,献上马忠首级,哭告于前曰:"臣等实无反心,被吕蒙诡计,称言关公已亡,赚开城门,臣等不得已而降。今闻圣驾前来,特杀此贼,以雪陛下之恨。伏乞陛下恕臣等之罪。"先主大怒曰:"朕自离成都许多时,你两个如何不来请罪?今见势危,故来巧言,欲全性命!朕若饶你,至九泉之下,有何面目见关公乎?"

言讫,令关兴在御营中,设关公灵位。先主亲捧马忠首级,诣前祭祀。又令关兴将糜芳、傅士仁剥去衣服,跪于灵前,亲自用刀剐之,以祭关公。

此时先主威声大震,江南之人,尽皆胆裂,日夜号哭。韩当、周泰大惊,急奏吴主,具言糜芳、傅士仁杀了马忠,去归蜀帝,亦被蜀帝杀了。孙权心怯,遂聚文武商议。步骘奏曰："蜀主所恨者，乃吕蒙、潘璋、马忠、糜芳、傅士仁也。今此数人皆亡，独有范疆、张达二人现在东吴。何不擒此二人，并张飞首级，遣使送还？交与荆州，送还夫人，上表求和，再念前情，共图灭魏，则蜀兵自退矣。"权从其言，遂具沉香木匣，盛贮飞首，绑缚范疆、张达，囚于槛车之内，令程秉为使，赍国书，往猇亭而来。

却说先主欲发兵前进，忽近臣奏曰："东吴遣使送张军骑之首，并囚范疆、张达二贼至。"先主两手加额曰："此天之所赐，亦由三弟之灵也！"即令张苞设飞灵位。先主见张飞首级在匣中面不改色，放声大哭。张苞自仗利刀，将范疆、张达剐杀，祭父之灵。

祭毕，先主怒气不息，定要灭吴。马良奏曰："仇人尽戮，其恨可雪矣。吴大夫程秉到此，欲还荆州，送回夫人，永结盟好，共图灭魏，伏候圣旨。"先主怒曰："朕切齿仇人，乃孙权也。今若与之连和，是负二弟当日之盟矣。今先灭吴，次灭魏。"便欲斩来使，以绝吴情。多官苦告方免。程秉抱头鼠窜，回奏吴王曰："蜀不从讲和，誓欲先灭东吴，然后伐魏。众臣苦谏不听。如之奈何？"权大惊，举止失措。阚泽出班奏曰："兹有擎天之柱，如何不用耶？"权急问何人。泽曰："现有陆伯言在荆州，此人名虽儒生，实有雄才大略。以臣论之，不在周郎之下，前破关公，其谋皆出于伯言。主上若能用之，破蜀必矣。如或有失，臣愿与同罪。"

张昭曰:"陆逊乃一书生耳,非刘备敌手,恐不可用。"顾雍亦曰:"陆逊年幼望轻,恐诸公不服,若不服则生祸乱,必误大事。"步骘亦曰:"逊才堪治郡耳,若托以大事,非其宜也。"阚泽大呼曰:"若不用陆伯言,则东吴休矣!臣愿以全家保之!"权曰:"孤意已决,卿等勿言。"

于是命召陆逊。逊本名陆议,后改名逊,字伯言,乃吴郡吴人也。汉城门校尉陆纡之孙,九江都尉陆骏之子。身长八尺,面如美玉,官领镇西将军。当下奉召而至,参拜毕,权曰:"今蜀兵临境,孤特命卿总督军马以破刘备。"逊曰:"江东文武,皆王故旧之臣,臣年幼无才,安能制之?"权曰:"阚泽以全家保卿,孤亦素知卿才。今拜卿为大都督,卿勿推辞。"逊曰:"倘文武不服,如何?"

权取所佩剑与之曰:"如有不听号令者,先斩后奏。"

逊领命,令徐盛、丁奉为护卫,即日出师,一面调诸路军马,水陆并进。文书到猇亭,韩当、周泰大惊曰:"主上如何以一书生总兵耶?"比及逊至,众皆不服。逊升帐议事,众人勉强参贺。逊曰:"主上命吾为大将,督军破蜀。军有常法,公等各宜遵守。违者王法无亲,勿致后悔。"

众皆默然。周泰曰:"目今安东将军孙桓,乃主上之侄,见困于彝陵中,内无粮草,外无救兵,请都督早施良策,救出孙桓,以安主上之心。"逊曰:"吾素知孙安东深得军心,必能坚守,不必救之。待吾破蜀后,彼自出矣。"众皆暗笑而退。

次日,陆逊传下号令,教诸将各处关防,牢守隘口,不许轻敌。

却说先主自猇亭布列军马,直至川口,接连七百里,前后四十营寨,昼则旌旗蔽日,夜则火光耀天。忽细作报说:"东吴用陆逊为大都督,总制军马。逊令诸将守险要不出。"先主问曰:"陆逊何如人也?"马良奏曰:"逊虽东吴一书生,然年幼多才,深有谋略,前袭荆州,皆系此人之诡计。"先主大怒曰:"贼子诡谋,损朕二弟,今当擒之!"便传令进兵。马良谏曰:"陆逊之才,不亚周郎,未可轻敌。"先主曰:"朕用兵老矣,岂反不如一黄口孺子耶?"遂亲领前军,攻打诸处关津隘口。

韩当见先主兵来,差人报知陆逊。逊恐韩当妄动,急飞马自来观看,正见韩当立马于山上,远望蜀兵漫山遍野而来,军中隐隐有黄罗盖伞。韩当接着陆逊,并马而观。当指曰:"军中必有刘备,吾欲击之。"逊曰:"刘备举兵东下,连胜十余阵,锐气正盛。今只乘高守险,不可轻出,出则不利,但宜奖励将士,广布守御之策,以观其变。今彼驰骋于平原广野之间,正自得志,我坚守不出,彼求战不得,必移屯于山林树木间,吾当以奇计胜之。"

韩当口虽应诺,心中只是不服。先主使前队搦战,辱骂百端。逊令塞耳休听,不许出迎,亲自遍历诸关隘口,抚慰将士,皆令坚守。先主见吴军不出,心中焦躁。马良曰:"陆逊深有谋略，今陛下远来攻战，自春历夏，彼之不出，欲待我军之变也。愿陛下察之。"先主曰："彼有何谋？但怯敌耳。前者屡败，今安敢再出？"先锋冯习奏曰："即今天气炎热，军屯于暑日之中，取水深为不便。"

先主遂命各营，皆移于山林茂盛之地，近溪傍涧，待过夏到秋，拼力进兵。冯习遂奉旨，将诸寨皆移于林木阴密之处。马良奏曰："吾军若动，倘吴兵骤至，如之奈何？"先主曰："朕令吴班引万余弱兵，近吴寨平地屯住；朕亲选八千精兵，伏于山谷之中。若陆逊知朕移营，必乘势来击，却令吴班诈败，逊若追来，朕引兵突出，断其归路，小子可擒矣。"

文武皆贺曰："陛下神机妙算，诸臣不及也！"马良曰："近闻诸葛丞相在东川点看各处隘口，恐魏兵入寇。陛下何不将各营移居之地，画成图本，问于丞相？"先主曰："朕亦颇知兵法，何必又问丞相？"良曰："古云：'兼听则明，偏听则蔽。'望陛下察之。"先主曰："卿可自去各营，画成四至八道图本，亲到东川去问丞相。如有不便，可急来报知。"

马良领命而去。于是先主移兵于林木阴密处避暑。早有细作报知韩当、周泰。二人听得此事，大喜，来见陆逊曰："目今蜀兵四十余营，皆移于山林密处，依溪傍涧，就水歇凉。都督可乘虚击之。"

逊大喜，遂引兵自来观看动静。只见平地一屯，不满万余人，大半皆是老弱之众，大书"先锋吴班"旗号。周泰曰："吾视此等兵如儿戏耳，愿同韩将军分两路击之。如其不胜，甘当军令。"陆逊看了良久，以鞭指曰："前面山谷中，隐隐有杀气起，其下必有伏兵，故于平地设此弱兵，以诱我耳。诸公切不可出。"

众将听了，皆以为懦。次日，吴班引兵到关前搦战，耀武扬威，辱骂不绝，多有解衣卸甲，赤身裸体，或睡或坐。徐盛、丁奉入帐禀陆逊曰："蜀兵欺我太甚！某等愿出击之！"逊笑曰："公等但恃血气之勇，未知孙吴兵法。此彼诱敌之计也，三日后必见其诈矣。"徐盛曰："三日后，彼移营已定，安能击之乎？"逊曰："吾正欲令彼移营也。"诸将哂笑而退。过三日后，会诸将于关上观望，见吴班兵已退去。逊指曰："杀气起矣。刘备必从山谷中出也。"

言未毕，只见蜀兵皆全装贯束，拥先主而过。吴兵见了，尽皆恐惧。逊曰："吾之不听诸公击班者，正为此也。今伏兵已出，旬日之内，必破蜀矣。"诸将皆曰："破蜀当在初时，今连营五六百里，相守经七八月，其诸要害，皆已固守，安能破乎？"逊曰："诸公不知兵法。备乃世之枭雄，更多智谋，其兵始集，法度精专。今守之久矣，不得我便，兵疲意阻，取之正在今日。"诸将叹服。

陆逊已定了破蜀之策，遂修笺遣使奏闻孙权，言指日可以破蜀之意。权览毕，大喜曰："江东又有此异人，孤何忧哉？诸将士上书言其懦，孤独不信。今观其言，果非懦也。"于是大起吴兵来接应。

却说先主于猇亭尽驱水军，顺流而下，沿江屯扎水寨，深入吴境。黄权谏曰："水军沿江而下，进则易，退则难。臣愿为前驱。陛下宜在后阵，庶万无一失。"先主曰："吴人恐惧已极，朕长驱大进，有何疑乎？"

众官苦谏，先主不从，遂分兵两路：命黄权督江北之兵，以防魏寇；先主自督江南诸军，夹江分立营寨，以图进取。

且说马良至川，入见孔明，呈上图本而言曰："今移营夹江，横占七百里，下四十余屯，皆依溪傍涧，林木茂盛之处。皇上令良将图本来与丞相观之。"孔明看讫，拍案叫苦曰："是何人教主上如此下寨？可斩此人！"马良曰："皆主上自为，非他人之谋。"孔明叹曰："汉朝气数尽矣！"

良问其故。孔明曰："包原隰险阻而结营，此兵家之大忌。倘彼用火攻，何以解救？又岂有连营七百里而可拒敌乎？祸不远矣！陆逊拒守不出，正为此也。汝当速去见天子，改屯诸营，不可如此。"良曰："倘今吴兵已胜，如之奈何？"孔明曰："陆逊不敢来追，成都可保无虞。"良曰："逊何故不追？"孔明曰："恐魏兵袭其后也。主上若有失，当投白帝城避之。吾入川时，已伏下十万兵在鱼腹浦矣。"良大惊曰："某于鱼腹浦往来数次，未尝见一卒，丞相何作此诈语？"孔明曰："后来必见，不劳多问。"马良求了表章，火速投御营来。孔明自回成都，调拨军马救应。

却说陆逊见蜀兵懈怠，不复提防，升帐聚大小将士听令曰："吾自受命以来，未尝出战。今观蜀兵，可知动静。故欲先取江南岸一营。谁敢去取？"

言未毕，韩当、周泰、凌统等应声而出曰："某等愿往。"逊教皆退不用，独唤阶下末将淳于丹曰："吾与汝五千军，去取江南第四营，蜀将傅彤所守。今晚就要成功。吾自提兵接应。"淳于丹引兵去了，又唤徐盛、丁奉曰："汝等各领兵三千，屯于寨外五里。如淳于丹败回，有兵赶来，当出救之，却不可追去。"二将自引军去了。

却说淳于丹于黄昏时分，领兵前进。到蜀寨时，已三更时候。丹令众军鼓噪而入。蜀营内傅彤引兵杀出，挺枪直取淳于丹，丹敌不住，拨马便回。忽然喊声大震，一彪军拦住去路，为首大将赵融。丹夺路而走，折兵大半。

正走之间，山后一彪蛮兵拦住，为首番将沙摩柯。丹死战得脱。背后三路军赶来，比及离营五里，吴军徐盛、丁奉二人两下杀来，蜀兵退去，救了淳于丹回营。丹带箭入见陆逊请罪。逊曰："非汝之过也。吾欲试敌人之虚实耳。破蜀之计，吾已定矣。"徐盛、丁奉曰："蜀兵势大，难以破之，空自损兵折将耳。"逊笑曰："吾这条计，但瞒不过诸葛亮耳。天幸此人不在，使我成大功也。"

遂集大小将士听令：使朱然于水路进兵，来日午后东南风大作,用船装载茅草,依计而行。韩当引一军攻江北岸,周泰引一军攻江南岸,每人手执茅草一把,内藏硫磺焰硝,各带火种,各执枪刀,一齐而上。但到蜀营,顺风举火,蜀兵四十屯,只烧二十屯,每隔一屯烧一屯。各军预带干粮,不许暂退。昼夜追袭,只擒了刘备方止。众将听了军令,各受计而去。

却说先主正在御营,寻思破吴之计,人报山上远远望见吴兵尽沿山往东去了。先主曰:"此是疑兵。"令众休动,命关兴、张苞各引五百骑出巡。黄昏时分,关兴回奏曰:"江北营中火起。"先主急令关兴往江北,张苞往江南,探看虚实:"倘吴兵到时,可急回报。"

二将领命去了。初更时分,东南风骤起。只见御营左屯火发。方欲救时,御营右屯又火起,风紧火急,树木皆着,喊声大震。两屯军马齐出,奔至御营中。御营军自相践踏,死者不知其数。后面吴兵杀到,又不知多少军马。先主急上马,奔冯习营时,习营中火光连天而起。江南江北照耀如同白日。

冯习慌上马引数十骑而走,正逢吴将徐盛军到,敌住厮杀。先主见了,拨马投西便走。徐盛舍了冯习,引兵追来。先主正慌,前面又一军拦住,乃是吴将丁奉。两下夹攻,先主大惊,四面无路。忽然喊声大震,一彪军杀入重围,乃是张苞,救了先主,引御林军奔走。

正行之间，前面一军又到，乃蜀将傅彤也，合兵一处而行。背后吴兵追至。先主前到一山，名马鞍山。张苞、傅彤请先主上得山时，山下喊声又起，陆逊大队人马，将马鞍山围住。张苞、傅彤死据山口。先主遥望遍野火光不绝，死尸重叠，塞江而下。

次日，吴兵又四下放火烧山，军士乱窜，先主惊慌。忽然火光中一将引数骑杀上山来，视之，乃关兴也。兴伏地请曰："四下火光逼近，不可久停。陛下速奔白帝城，再收军马可也。"先主曰："谁敢断后？"傅彤奏曰："臣愿以死挡之！"当日黄昏，关兴在前，张苞在中，留傅彤断后，保着先主，杀下山来。吴兵见先主奔走，皆要争功，各引大军，遮天盖地，往西追赶。先主令军士尽脱袍铠，塞道而焚，以断后军。

正奔走间，喊声大震，吴将朱然引一军从江岸边杀来，截住去路。先主叫曰："朕死于此矣！"关兴、张苞纵马冲突，被乱箭射回，各带重伤，不能杀出。背后喊声又起，陆逊引大军从山谷中杀来。先主正慌急之间，此时天色已微明。只见前面喊声震天，朱然军纷纷落涧，滚滚投崖，一彪军杀入，前来救驾。先主大喜，视之，乃常山赵子龙也。时赵云在川中江州，闻吴蜀交兵，遂引军出。忽见东南一带火光冲天，云心惊，远远探视，不想先主被困，云奋勇冲杀而来。陆逊闻是赵云，急令军退。

云正杀之间，忽遇朱然，便与交锋，不一合，一枪刺朱然于马下，杀散吴兵，救出先主，往白帝城而走。先主曰："朕虽得脱，诸将士将奈何？"云曰："敌军在后，不可久延。陛下且入白帝城歇息，臣再引兵去救应诸将。"此时先主仅存百余人入白帝城。

却说傅彤断后，被吴军八面围住。丁奉大叫曰："川兵死者无数，降者极多。汝主刘备已被擒获。今汝力穷势孤，何不早降？"傅彤叱曰："吾乃汉将，安肯降吴狗乎？"挺枪纵马，率蜀军奋力死战，不下百余合，往来冲突，不能得脱。彤长叹曰："吾今休矣！"言讫，口中吐血，死于吴军之中。

蜀祭酒程畿匹马奔至江边，招呼水军赴敌，吴兵随后追来，水军四散奔逃。畿部将叫曰："吴兵至矣！程祭酒快走罢!"畿怒曰:"吾自从主上出军,未尝赴敌而逃!"言未毕,吴兵骤至,四下无路,畿拔剑自刎而死。

时吴班、张南久围彝陵城,忽冯习到,言蜀兵败,遂引军来救先主,孙桓方才得脱。张、冯二将正行之间,前面吴兵杀来,背后孙桓从彝陵城杀出,两下夹攻。张南、冯习奋力冲突,不能得脱,死于敌军之中。

吴班杀出重围,又遇吴兵追赶,幸得赵云接着,救回白帝城去了。时有蛮王沙摩柯,匹马奔走,正逢周泰,战二十余合,被泰所杀。蜀将杜路、刘宁尽皆降吴。蜀营一应粮草器仗,尺寸不存。蜀将川兵,降者无数。时孙夫人在吴,闻猇亭兵败,误传先主死于军中,遂驱车至江边,望西遥哭,投江而死。后人立庙江滨,号曰枭姬祠。

却说陆逊大获全功,引得胜之兵,往西追袭。前离夔关不远,逊在马上看见前面临山傍江,一阵杀气,冲天而起。遂勒马回顾众将曰:"前面必有埋伏,三军不可轻进。"即倒退十余里,于地势空阔处排成阵势以御敌军,即差哨马前去探视。回报并无军屯在此,逊不信,下马登山望之,杀气复起。逊再令人仔细探视,哨马回报前面并无一人一骑。

逊见日将西沉,杀气越加,心中犹豫,令心腹人再往探看。报回江边只有乱石八九十堆,并无人马。逊大疑,令寻土人问之。须臾,有数人到。逊问曰:"何人将乱石做堆?

如何乱石堆中有杀气冲起？"土人曰："此处地名鱼腹浦。诸葛亮入川之时，驱兵到此，取石排成阵势于沙滩之上。自此常常有气如云，从内而起。"

陆逊听罢，上马引数十骑来看石阵，立马于山坡之上，但见四面八方，皆有门有户。逊笑曰："此乃惑人之术耳，有何益焉！"遂引数骑下山坡来，直入石阵观看。部将曰："日暮矣，请都督早回。"逊方欲出阵，忽然狂风大作。一霎时，飞沙走石，遮天盖地。但见怪石嵯峨，槎丫似剑，横沙立土，重叠如山，江声浪涌，有如剑鼓之声。逊大惊曰："吾中诸葛之计也！"急欲回时，无路可出。

正惊疑间，忽见一老人立于马前笑曰："将军欲出此阵乎？"逊曰："愿长者引出。"老人策杖徐徐而行，径出石阵，并无所碍，送至山坡之上。逊问曰："长者何人?"老人答曰："老夫乃诸葛孔明之岳父黄承彦也。昔小婿入川之时，于此布下石阵，名'八阵图'。反复八门，按遁甲休、生、伤、杜、景、死、惊、开。每日每时，变化无端，可比十万精兵。临去之时，曾吩咐老夫道：'后有东吴大将迷于阵中，莫要引他出来。'老夫适于山崖之上，见将军从'死门'而入，料想不识此阵，必为所迷。老夫平生好善，不忍将军陷没于此，故特从'生门'引出也。"逊慌忙下马拜谢，回寨叹曰："孔明真'卧龙'也！吾不能及！"于是下令班师。

# 七擒孟获

蜀汉建兴三年，益州飞报："蛮王孟获大起蛮兵十万，犯境侵略。建宁太守雍闿，乃汉朝什方侯雍齿之后，今联结孟获造反。牂牁郡太守朱褒、越巂郡太守高定，二人献了城，只有永昌太守王伉不肯反。现今雍闿、朱褒、高定三人部下人马，皆与孟获为向导官，攻打永昌郡。今王伉与功曹吕凯，会集百姓，死守此城，其势甚急。"

孔明乃入朝奏后主曰："臣观南蛮不服，实国家之大患也。臣当自领大军，前去征讨。"后主曰："东有孙权，北有曹丕，今丞相弃朕而去，倘吴、魏来攻，如之奈何？"孔明曰："东吴方与我国讲和，料无异心，若有异心，李严在白帝城，此人可挡陆逊也。北面曹丕，已有马超把守汉中诸处关口，不必忧也。臣又留关兴、张苞等分两军为救应，保陛下万无一失。今臣先去扫荡蛮方，然后北伐，以图中原，报先帝三顾之恩、托孤之重。"后主曰："朕年幼无知，唯丞相斟酌行之。"

是日，孔明辞了后主，令蒋琬为参军，费祎为长史，董厥、樊建二人为掾史，赵云、魏延为大将，总督军马，王平、张翼为副

孟获

将,并川将数十员,共起川兵五十万,前往益州进发。忽有
关公第三子关索入军来见孔明曰:"自荆州失陷,逃难在鲍
家庄养病。每要赴川见先帝报仇,疮痕未合,不能起行。近
已安痊,打探得东吴仇人已皆诛戮,径来西川见帝,恰在途
中遇见征南之兵,特来投见。"

孔明闻之,嗟讶不已,一面遣人申报朝廷,就令关索为
前部先锋,一同征南。大队人马,各依队伍而行。饥餐渴
饮,夜住晓行。所经之处,秋毫无犯。

却说雍闿听知孔明自统大军而来,即与高定、朱褒商
议,分兵三路:高定取中路,雍闿在左,朱褒在右,三路各引

兵五六万迎敌。于是高定令鄂焕为前部先锋。焕身长九尺,面貌丑恶,使一支方天戟,有万夫不当之勇。领本部兵,离了大寨,来迎蜀兵。

却说孔明统大军已到益州地界。前部先锋魏延,副将张翼、王平,才入界口,正遇鄂焕军马。两阵对圆,魏延出马大骂曰:"反贼早早受降!"鄂焕拍马与魏延交锋。战不数合,延诈败走,焕随后赶来。走不数里,喊声大震。张翼、王平两路军杀来,绝其后路。延复回。三员将并力拒战,生擒鄂焕,解到大寨,入见孔明。孔明令去其缚,以酒食待之。问曰:"汝是何人部将?"焕曰:"某是高定部将。"孔明曰:"吾知高定乃忠义之士,今为雍闿所惑,以致如此。吾今放汝回去,令高太守早早归降,免遭大祸。"

鄂焕拜谢而去,回见高定,说孔明之德。定亦感激不已。次日,雍闿至寨。礼毕,闿曰:"如何得鄂焕回也?"定曰:"诸葛亮以义放之。"闿曰:"此乃诸葛亮反间之计,欲令我两人不和,故施此谋也。"定半信不信,心中犹豫。忽报蜀将搦战,闿自引三万兵出迎。战不数合,闿拨马便走。延率兵大进,追杀二十余里。次日,雍闿又起兵来迎。孔明一连三日不出。至第四日,雍闿、高定分兵两路,来取蜀寨。

却说孔明令魏延等两路伺候,果然雍闿、高定两路兵来,被伏兵杀伤大半,生擒者无数,都解到大寨来。雍闿的人,囚在一边;高定的人,囚在一边。却令军士传说:"但是高定的人免死，雍闿的人尽杀。"众军皆闻此言。

少时，孔明令取雍闿的人到帐前问曰："汝等皆是何人部从？"众伪曰："高定部下人也。"孔明教皆免其死，与酒食赏劳，令人送出界首，纵放回寨。孔明又唤高定的人问之。众皆告曰："吾等实是高定部下军士。"孔明亦皆免其死，赐以酒食，却扬言曰："雍闿今日使人投降，要献汝主并朱褒首级以为功劳，吾甚不忍。汝等既是高定部下军，吾放汝等回去，再不可背反。若再擒来，决不轻恕。"

众皆拜谢而去，回到本寨，入见高定，说知此事。定乃密遣人去雍闿寨中探听，却有一半放回的人，言说孔明之德，因此雍闿部军多有归顺高定之心。虽然如此，高定心中不稳，又令一人来孔明寨中探听虚实，被伏路军捉来见孔明。孔明故意认作雍闿的人，唤入帐中问曰："汝元帅既约下献高定、朱褒二人首级，因何误了日期？汝这厮不精细，如何做得细作！"军士含糊答应。孔明以酒食赐之，修密书一封，咐军士曰："汝持此书付雍闿，教他早早下手，休得误事。"

细作拜谢而去，回见高定，呈上孔明之书，说雍闿如此如此。定看书毕，大怒曰："吾以真心待之，彼反欲害吾，情理难容！"便唤鄂焕商议。焕曰："孔明乃仁人，背之不祥。我等谋反作恶，皆雍闿之故，不如杀闿以投孔明。"定曰："如何下手？"焕曰："可设一席令人去请雍闿。彼若无异心，必坦然而来;若其不来,必有异心。我主可攻其前,某伏于寨后小路候之,闿可擒矣。"

高定从其言,设席请雍闿。闿果疑前日放回军士之言,惧而不来。是夜高定引兵杀投雍闿寨中。原来有孔明放回免死的人,皆想高定之德,乘势助战。雍闿军不战自乱。闿上马往山路而走。行不二里,鼓声响处,一彪军出,乃鄂焕也,挺方天戟,骤马当先。雍闿措手不及,被焕一戟刺于马下,就枭其首级。闿部下军士皆降高定。定引两部军来降孔明,献雍闿首级于帐下。孔明高坐于帐上,喝令左右推转高定,斩首报来。

定曰:"某感丞相大恩,今将雍闿首级来降,何故斩也?"孔明大笑曰:"汝来诈降,敢瞒吾耶?"定曰:"丞相何以知吾诈降?"孔明于匣中取出一缄,与高定曰:"朱褒已使人密献

降书,说你与雍闿结生死之交,岂肯一旦便杀此人?吾故知汝诈也!"定叫屈曰:"朱褒乃反间之计也。丞相切不可信。"孔明曰:"吾亦难凭一面之词。汝若捉得朱褒,方表真心。"定曰:"丞相休疑。某生擒朱褒来见丞相,若何?"孔明曰:"若如此,吾疑心方息也。"

高定即引部将鄂焕并本部兵,杀奔朱褒营来。比及离寨,约有十里,山后一彪军到,乃朱褒也。褒见高定军来,慌忙与高定答话。定大骂曰:"汝如何写书与诸葛丞相处,使反间之计害吾耶?"褒目瞪口呆,不能回答。忽然鄂焕于马后转过,一戟刺朱褒于马下。定厉声而言曰:"如不顺者皆戮之!"于是众军一齐拜降。定引两部军来见孔明,献朱褒首级于帐下。孔明大笑曰:"吾故使汝杀此二贼,以表忠心。"遂命高定为益州太守,总摄三郡,令鄂焕为牙将。三路军马已平,孔明遂率领大兵前进。

却说蛮王孟获,听知孔明智破雍闿等,遂聚三洞元帅商议。第一洞乃金环三结元帅,第二洞乃董荼那元帅,第三洞乃阿会喃元帅。三洞元帅入见孟获。获曰:"今诸葛丞相领大军来侵我境界,不得不并力敌之。汝三人可分兵三路而进。如得胜者,便为洞主。"于是分金环三结取中路,董荼那取左路,阿会喃取右路,各引五万蛮兵,依令而行。

是时孔明正在寨中议事,忽哨马飞报,说三洞元帅分兵三路到来。孔明听毕,即唤赵云、魏延至,却都不吩咐。更唤王平、马忠至,嘱之曰:"今蛮兵三路而来,吾欲令子龙、文长去,此二人不识地理,未敢用之。王平可往左路迎敌,马忠可往右路迎敌。吾却使子龙、文长随后接应。今日整顿军马,来日平明进发。"

二人听令而去。又唤张嶷、张翼吩咐曰:"汝二人同领一军,往中路迎敌。今日整点军马,来日与王平、马忠约会而进。吾欲令子龙、文长去取,奈二人不识地理,故未敢用之。"

张嶷、张翼听令去了。赵云、魏延见孔明不用,各有愠色。孔明曰:"吾非不用汝二人,但恐汝涉险深入,为蛮人所算,失其锐气耳。"赵云曰:"倘我等识地理,若何?"孔明曰:"汝二人只宜小心,休得妄动。"

二人怏怏而归。赵云请魏延到自己寨内商议曰:"吾二人都为先锋,却说不识地理,而不肯用。今用此后辈,吾等岂不羞乎?"延曰:"吾二人只今就上马,亲去探之,捉住土人,便教引进,以敌蛮兵,大事可成。"

云从之,遂上马径取中路而来。方行不数里,远远望见尘头大起。二人上山坡看时,果见数十骑蛮兵,纵马而来。二人两路冲出。蛮兵见了,大惊而走。赵云、魏延各生擒几人,回到本寨,以酒食待之,却细问其故。蛮兵告曰:"前面是金环三结元帅大寨,正在山口。寨边东西两路,却通五溪洞并董荼那、阿会喃各寨之后。"

赵云魏延听知此话，遂点精兵五千，教擒来蛮兵引路。比及起军时，已是二更天气，月明星朗，趁着月色而行。刚到金环三结大寨之时，约有四更。蛮兵方起造饭，准备天明厮杀。忽然赵云、魏延两路杀入，蛮兵大乱。赵云直杀入中军，正逢金环三结元帅，交马只一合，被云一枪刺落马下，就枭其首级，余军溃散。魏延便分兵一半，往东路抄董荼那寨来；赵云分兵一半，往西路抄阿会喃寨来。比及杀到蛮兵大寨之时，天已平明。

先说魏延杀奔董荼那寨来，董荼那听知寨后有军杀至，便引兵出寨拒敌。忽然寨前门一声喊起，蛮兵大乱。原来王平军马早已到了。两下夹攻，蛮兵大败。董荼那夺路走脱，魏延追赶不上。

却说赵云引兵杀到阿会喃寨后之时，马忠已杀至寨前。两下夹攻，蛮兵大败。阿会喃乘乱走脱，各自收军。回见孔明，孔明问曰："三洞蛮兵，走了两洞之主，金环三结元帅首级安在？"赵云将首级献功。众皆言曰："董荼那、阿会喃皆弃马越岭而去，因此赶他不上。"孔明大笑曰："二人吾已擒下了。"赵云二人并诸将皆不信。

少顷，张嶷解董荼那到，张翼解阿会喃到。众皆惊讶。孔明曰："吾观吕凯图本，已知他各人下的寨子，故以言激子龙、文长之锐气，故教深入重地，先破金环三结，随即分兵左右寨后抄出，以王平、马忠应之。非子龙、文长不可当此任也。吾料董荼那、阿会喃必从便径往山路而走,故遣张嶷、张翼以伏兵待之,令关索以兵接应,擒此二人。"诸将皆拜服。

孔明令押过董荼那、阿会喃至帐下,尽去其缚,以酒食衣服赐之,令各自归洞,勿得助恶。二人泣拜,各投小路而去。孔明谓诸将曰:"来日孟获必然亲自引兵厮杀,便可就此擒之。"乃唤赵云、魏延至,附与计策,各引五千兵去了。又唤王平、关索同引一军,授计而去。孔明分拨已毕,坐于帐上待之。

却说蛮王孟获在帐中正坐,忽哨马报来,说三洞元帅俱被孔明捉将去了,部下之兵各自溃散。获大怒,遂起蛮兵迤逦进发,正遇王平军马。两阵对圆,王平出马横刀望之,只见旗门开处,数百南蛮骑将两势摆开。中间孟获出马,头顶嵌宝紫金冠,身披璎珞红锦袍,腰系碾玉狮子带,脚穿鹰嘴抹绿靴,骑一匹卷毛赤兔马,悬两口松纹镶宝剑,昂然观望,回顾左右蛮将曰:"人每说诸葛亮善能用兵,今观此阵,旗旌杂乱,队伍交错,刀枪器械,无一可能胜吾者,始知前日之言谬也。早知如此,吾反多时矣。谁敢去擒蜀将,以振军威?"

言未尽,一将应声而出,名唤忙牙长,使一口截头大刀,骑一匹黄骠马,来取王平。二将交马,战不数合,王平便走。孟获骑兵大进,迤逦追赶。关索略战又走,约退二十余里,孟获正追杀之间,忽然喊声大起,左有张嶷,右有张翼,两路

兵杀出，截断归路。王平、关索复兵杀回。前后夹攻，蛮兵
大败。孟获引部将死战得脱，往锦带山而逃。背后三路兵
追杀将来。

　　获正奔走之间，前面喊声大起，一彪军拦住，为首大将
乃常山赵子龙也。获见了大惊，慌忙奔锦带山小路而走。
子龙冲杀一阵，蛮兵大败，生擒者无数。孟获只与数十骑奔
入山谷之中，背后追兵至近，前面路狭，马不能行，乃弃了马
匹，爬山越岭而逃。忽然山谷中一声鼓响，乃是魏延受了孔
明计策，引五百步军，伏于此处。孟获抵敌不住，被魏延生

擒活捉了。从骑皆降。

魏延解孟获到大寨来见孔明,孔明早已杀牛宰马,设宴在寨。却教帐中排开七重刽子手,刀枪剑戟,灿若霜雪。又执御赐黄金钺斧,曲柄伞盖,前后羽葆鼓吹,左右排开御林军,布列得十分齐整。孔明端坐帐上,只见蛮兵纷纷攘攘,解到无数。孔明唤到帐中,尽去其缚,抚谕曰:"汝等皆是好百姓,不幸被孟获所拘,令受惊吓,吾想汝等父母、兄弟、妻子,必倚门而望,若听知阵败,定然割肚断肠,眼中流血,吾今尽放汝等回去,以安各人父母、兄弟、妻子之心。"言讫,各赐酒食米粮而遣之。蛮兵深感其恩,泣拜而去。孔明教武士押过孟获来。

不移时,前推后拥,缚至帐前。获跪于帐下。孔明曰:

"先帝待汝不薄，汝何故背反？"孟曰："两川之地，皆是他人所占地土，汝主倚强夺之，自称为帝，吾世居此处，汝等无礼，侵我土地，何为反耶？"孔明曰："吾今擒汝，汝心服否？"孟曰："山僻路狭，误遭汝手，如何肯服？"孔明曰："汝既不服，吾放汝去，若何？"孟曰："汝放我回去，再整军马，共决雌雄。若能再擒吾，吾方服也。"孔明即令去其缚，与衣服穿了，赐以酒食，给予鞍马，差人送出路径，往本寨而去。

却说孔明放了孟获，众将上帐问曰："孟获乃南蛮渠魁，今幸被擒，南方便定，丞相何故放之？"孔明笑曰："吾擒此人，如囊中取物耳。直须降服其心，自然平矣。"诸将闻言，皆未肯信。

当日孟获行至泸水，正遇手下败残的蛮兵，皆来寻探。众兵见了孟获，且惊且喜，拜问曰："大王如何能够回来？"获曰："蜀人监我在帐中，被我杀死十余人，乘夜黑而走。正行间，逢着一哨马军，又被我杀之，夺了此马，因此得脱。"

众皆大喜，拥孟获渡了泸水，下住寨栅，会集各洞酋长，陆续招聚原放回的蛮兵，约有十余万骑。此时董荼那、阿会喃已在洞中。孟获使人去请，二人惧怕，只得也引洞兵来。获传令曰："吾已知诸葛亮之计矣，不可与战，战则中他诡计。彼川军远来劳苦，况即日天热，彼兵岂能久住？吾等有此泸水之险，将船筏尽拘在南岸，一带皆筑土城，深沟高垒，看诸葛亮如何施谋。"

众酋长从其计，尽拘船筏于南岸，一带筑起土城。在依山傍崖之地，高竖敌楼，楼上多设弓弩炮石，准备久处之计。粮草皆是各洞供运。孟获以为万全之策，坦然不忧。

却说孔明提兵大进，前军已至泸水，哨马飞报说："泸水之内，并无船筏，又兼水势甚急，隔岸一带筑起土城，皆有蛮兵把守。"时值五月，天气炎热，南方之地，分外厉害，军马衣甲，皆穿不得。

孔明自至泸水边观毕，回到本寨，聚诸将至帐中，传令曰："今孟获兵屯泸水之南，深沟高垒，以拒我兵。吾既提兵至此，如何空回？汝等各自引兵，依山傍树，拣林木茂盛之处，与我将息人马。"乃遣吕凯离泸水百里，拣阴凉之地，分作四个寨子：使王平、张嶷、张翼、关索各守一寨，内外皆草棚，遮盖马匹，将士乘凉以避暑气。参军蒋琬看了，入问孔明曰："某看吕凯所造之寨甚不好，正犯昔日先帝败于东吴时之地势矣。倘蛮兵偷渡泸水，前来劫寨，若用火攻，如何解救？"孔明笑曰："公勿多疑。吾自有妙算。"蒋琬等皆不晓其意。

忽报蜀中差马岱解暑药并粮米到。孔明令入。岱参拜毕，一面将米药分派各寨。孔明问曰："吾军累战疲困，欲用汝军，未知肯向前否？"岱曰："皆是朝廷军马，何分彼此？丞相要用，虽死不辞。"孔明曰："今孟获拒住泸水，无路可渡。吾欲先断其粮道，令彼军自乱。"岱曰："如何断得？"孔明曰：

"离此一百五十里,泸水下流沙口,此处水慢,可以扎筏而渡。汝提本部三千军渡水,直入蛮洞,先断其粮,然后会合董荼那、阿会喃两个洞主,使为内应,不可有误。"

马岱欣然去了,领兵前到沙口,驱兵渡水。因见水浅,大半不下筏,只裸衣而过,半渡皆倒,急救傍岸,口鼻出血而死。马岱大惊,连夜回告孔明。孔明随唤向导土人问之。土人曰:"目今炎天,毒聚泸水,日间甚热,毒气正发。有人渡水,必中其毒。或饮此水,其人必死。若要渡时,须待夜静水冷,毒气不起,饱食渡之,方可无事。"

孔明遂令土人引路,又选精壮军五六百,随着马岱来到泸水沙口,扎起木筏,半夜渡水,果然无事。岱领着二千壮军,令土人引路,径取蛮洞运粮总路口夹山峪而来。那夹山峪两下是山,中间一条路,只容一人一马而过。马岱占了夹山峪,分拨军士,立起寨栅。洞蛮不知,正解粮到,被岱前后截住,夺粮百余车。蛮人报入孟获大寨中。

此时孟获在寨中,终日饮酒取乐,不理军务,谓众酋长曰:"吾若与诸葛亮对敌,必中奸计。今靠此泸水之险,深沟高垒以待之。蜀人受不过酷热,必然退走。那时吾与汝等随后击之,便可擒诸葛亮也。"言讫,呵呵大笑。忽然班内一酋长曰:"沙口水浅,倘蜀兵偷偷过来,深为利害,当分军把守。"获笑曰:"汝是本处土人,如何不知?吾正好要蜀兵来渡此水,渡则必死于水中。"酋长又曰:"倘有土人说与夜渡之法,当复何如?"获曰:"不必多疑。吾境内之人,安肯助敌人耶?"

正言之间,忽报蜀兵不知多少,暗渡泸水,绝断了夹山粮道,打着"平北将军马岱"旗号。获笑曰:"量此小辈,何足道哉!"即遣副将忙牙长,引三千兵投夹山峪来。

马岱望见蛮兵已到,遂将二千军摆在山前。两阵对圆,忙牙长出马,与马岱交锋,只一合,被岱一刀斩于马下。蛮兵大败走回,来见孟获,细言其事。获唤诸将问曰:"谁敢去敌马岱?"

言未毕,董荼那出曰:"某愿往。"孟获大喜,遂与三千兵而去。获又恐有人再渡泸水,即遣阿会喃引三千兵,去把守沙口。

却说董荼那引蛮兵到了夹山峪下寨,马岱引兵来迎。部内军有识得是董荼那,说与马岱如此如此。岱纵马向前大骂曰:"无义背恩之徒!吾丞相饶你性命,今又背反,岂不自羞!"董荼那满面羞惭,无言可答,不战而退。马岱掩杀一阵而回。董荼那回见孟获曰:"马岱英雄,抵敌不住。"获大怒曰:"吾知汝等原受诸葛亮之恩,今故不战而退!正是卖阵之计!"喝教推出斩了。众酋长再三哀告,方才免死,叱武士将董荼那打了一百大棍,放归本寨。

诸多酋长,皆来告董荼那曰:"我等虽居蛮方,未尝敢犯蜀汉,蜀汉亦不曾侵我。今因孟获势力相逼,不得已而造反,想孔明神机莫测,曹操、孙权尚自惧之,何况我等蛮方乎?况我等皆受其活命之恩,无可为报,今欲舍一死命,杀孟获去投孔明,以免洞中百姓涂炭之苦。"董荼那曰:"未知汝等心下若何?"内有原蒙孔明放回的人,一齐同声应曰:"愿往!"

于是董荼那手执钢刀,引百余人,直奔大寨而来。时孟获大醉于帐中。董荼那引众人持刀而入,帐下有两将侍立。董荼那以刀指曰:"汝等亦受诸葛丞相活命之恩,宜当报效。"二将曰:"无须将军下手,某当生擒孟获,去献丞相。"于是一齐入帐,将孟获执缚已定,押到泸水边,驾船直过北岸,先使人报知孔明。

却说孔明已有细作探知此事,于是密传号令,教各寨将士,整顿军器,方教为首酋长解孟获入来,其余皆回本寨听候。董荼那先入中军见孔明,细说其事。孔明重加赏劳,用好言抚慰,遣董荼那引众酋长去了,然后令刀斧手推孟获入。孔明笑曰:"汝前者有言:'但再擒得,便肯降服。'今日如何?"获曰:"此非汝之能也,乃吾手下之人自相残害,以致如此。如何肯服?"

孔明曰:"吾今再放汝去,若何?"孟获曰:"吾虽蛮人,颇知兵法,若丞相端的肯放吾回洞中,吾当率兵再决胜负。若丞相这番生擒得我,那时倾心吐胆归降,并不敢改移也。"孔明曰:"这番生擒,如又不服,必无轻恕。"令左右去其绳索,仍前赐以酒食，列坐于帐上。孔明曰："吾自出茅庐，战无不胜，攻无不取。汝蛮邦之人，何为不服？"获默然不答。

孔明酒后，唤孟获同上马出寨，看视诸营寨栅所屯粮草、所积军器。孔明指谓孟获曰："汝不降吾，真愚人也。吾有如此之精兵猛将、粮草器械，汝安能胜吾哉？汝若早降，吾当奏闻天子，令汝不失王位，子子孙孙，永镇蛮邦。意下如何？"获曰："某虽肯降，怎奈洞中之人，未肯心服？若丞相肯放回去，就当招安本部人马，同心合胆，方可归顺。"

孔明欣然，又与孟获回到大寨。饮酒至晚，获辞去。孔明亲自送至泸水边，以船送获归寨。孟获来到本寨，先伏刀斧手于帐下，差心腹人到董荼那、阿会喃寨中，只推孔明有使命至，将二人赚到大寨帐下，尽皆杀之，弃尸于涧。孟获随即遣亲信之人，把守隘口，自引军出了夹山峪，要与马岱交战，却并不见一人。及问土人，皆言昨夜尽搬粮草复渡泸水，归大寨去了。获再回洞中，与亲弟孟优商议曰："如今诸葛亮之虚实，吾已尽知。汝可去如此如此。"

孟优领了兄计，引百余蛮兵，搬载金珠宝贝、象牙犀角之类，渡了泸水，径投孔明大寨而来。方才过了河，前面鼓角齐鸣，一彪军摆开，为首大将，乃马岱也。孟优大惊。岱问了来情，令在外厢，差人来报孔明。孔明正在帐中与马谡、吕凯、蒋琬、费祎等共议平蛮之事，忽帐下一人，报称孟获差弟孟优来进宝贝。孔明回顾马谡曰："汝知其来意否？"

谡曰:"不敢明言。容某暗写于纸上,呈与丞相,看合钧意否?"

孔明从之。马谡写讫,呈与孔明。孔明看毕,抚掌大笑曰:"擒孟获之计,吾已差派下也。汝之所见,正与吾同。"遂唤赵云入,向耳旁吩咐如此如此;又唤魏延,入亦低言吩咐;又唤王平、马忠、关索入,亦秘密地吩咐。

各人受了计策,皆依令而去,方召孟优入帐。优再拜于帐下曰:"家兄孟获,感丞相活命之恩,无可奉献,辄具金珠宝贝若干,权为赏军之资。续后别有进贡天子礼物。"

孔明曰:"汝兄今在何处?"优曰:"为感丞相天恩,径往银坑山中收拾宝物去了,少时便回来也。"孔明曰:"汝带多少人来?"优曰:"不敢多带,只是随行百余人,皆运货物者。"孔明尽教入帐,看时,皆是青眼黑面,黄发紫须,耳带金环,蓬头跣足,身长力大之士。孔明就令随席而坐,教诸将劝酒,殷勤相待。

却说孟获在帐中专望回音,忽报有二人回了,唤入问之,具说:"诸葛亮受了礼物大喜,将随行之人,皆唤入帐中,杀牛宰马,设宴相待。二大王令某密报大王,令夜二更,里应外合,以成大事。"

孟获听知甚喜,即点起三万蛮兵,分为三队。获唤各洞酋长,吩咐曰:"各军尽带火具。今晚到了蜀寨时,放火为号,吾当自取中军,以擒诸葛亮。"诸多蛮将受了计策,黄昏左侧,各渡泸水而来。孟获带领心腹蛮兵百余人,径投孔明大寨,于路并无一军阻挡。前至寨门,获率众将聚马而入,乃是空寨,并不见一人。获撞入中军,只见帐中灯烛荧煌,孟优并番兵尽皆醉倒。原来孟优被孔明教马谡、吕凯二人款待,令乐人搬做杂剧,殷勤劝酒,酒内下药,尽皆醉倒,浑如醉死之人。

孟获入帐问之。内有醒者,但指口而已。获知中计,急救了孟优等一干人,却待奔回中队,前面喊声大震,火光聚起,蛮兵各自逃窜,一彪军杀到,乃是蜀将王平。获大惊,急奔左队时,火光冲天,一彪军杀到,为首蜀将乃是魏延。获慌忙望右队而来,只见火光又起,又一彪军杀到,为首蜀将乃是赵云。三路军夹攻将来,四下无路。孟获弃了将士,匹马往泸水而逃,正见泸水上数十个蛮兵,驾一小舟,获慌令近岸。人马方才下船,一声号起,将孟获缚住。原来马岱受了计策,引本部兵扮作蛮兵,撑船在此诱擒孟获。

于是孔明招安蛮兵,降者无数。孔明一一抚慰,并不加害,就教救灭了余火。须臾,马岱擒孟获至,赵云擒孟优至,魏延、马忠、王平、关索擒诸洞酋长至。孔明指孟获而笑曰:"汝先令汝弟以礼诈降,如何瞒得过我!今番又被我擒,汝可服否?"获曰:"此乃吾弟贪口腹之故,误中汝毒,因此失了大事。吾若自来,弟以兵应之,必然成功。此乃天败,非吾之不能也,如何肯服?"孔明曰:"今已三次,如何不服?"孟获低头不语。孔明笑曰："吾再放汝回去。"孟获曰："丞相若肯放我弟兄回去,收拾家下亲丁,和丞相大战一场,那时擒得,方才死心塌地而降。"孔明曰："再若擒住,必不轻恕。汝可小心在意,勤攻韬略之书,再整亲信之士,早用良策,勿生后悔。"遂令武士去其绳索。放起孟获,并孟优及各洞酋长,一齐都放。孟获等拜谢去了。

此时蜀兵已渡泸水。孟获等过了泸水,只见岸口陈兵列将,旗帜纷纷。获到营前,马岱高坐以剑指之曰:"这番拿住,必无轻放!"孟获到了自己寨时,赵云早已袭了此寨,布列兵马。云坐于大旗下,按剑而言曰:"丞相如此相待,休忘大恩!"获诺诺连声而去。将出界口山坡,魏延引一千精兵,摆在坡上,勒马厉声而言曰:"吾今已深入巢穴,夺汝险要,汝尚自愚迷,抗拒大军。这回拿住,碎尸万段,决不轻饶!"孟获等抱头鼠窜,往本洞而去。

却说孔明渡了泸水,下寨已毕,大赏三军,聚诸将于帐下,曰:"孟获第二番擒来,吾令遍观各营虚实,正好欲令其来劫营也。吾知孟获颇晓兵法,吾将兵马粮草炫耀,实令孟获看吾破绽,必用火功。彼令其弟诈降,欲为内应耳。吾三番擒来而不杀,诚欲服其心,不欲灭其头也。"众将拜服。

却说孟获受了三擒之气,愤愤归到银坑洞中,即差心腹人赍金珠宝贝,往八番九十三甸等处,并蛮方部落,借使牌刀獠丁军健数十万,克日齐备。各队人马,云堆雾拥,俱听孟获调用。伏路军探知其事，来报孔明。孔明笑曰："吾正欲令蛮兵皆至，见吾之能也。"遂自驾小车，引数百骑前来探路。前有一河，名曰西洱河。水势虽慢，并无一只船筏。孔明令伐木为筏而渡，其木到水皆沉。孔明遂问吕凯。凯曰："闻西洱河上流有一山，其山多竹，大者数围。可令人伐之，于河上搭起竹桥，以渡军马。"

孔明即调三万人入山，伐竹数十万根，顺水放下，与河面狭处，搭起竹桥，阔十余丈。乃调大军于河北岸一字下寨，便以为壕堑，以浮桥为门，垒土为城。过桥南岸，一字下三个大营，以待蛮兵。

却说孟获引数十万蛮兵，恨怒而来。将近西洱河，孟获引前部一万刀牌獠丁，直扣前寨搦战。孔明头戴纶巾，身披鹤氅，手执羽扇，乘驷马车，左右众将簇拥而出。孔明见孟获身穿犀皮甲，头顶朱红盔，左手挽牌，右手执刀，骑赤毛牛，口中辱骂，手下万余洞丁，各舞刀牌，往来冲突。孔明急令退回本寨，四面紧闭，不许出战。蛮兵皆裸衣赤身，直道寨门前叫骂。

诸将大怒，皆来禀孔明曰："某等情愿出寨决一死战！"孔明不许。诸将再三欲战。孔明止之曰："蛮方之人，不遵王化，今此一来，狂恶正盛，不可迎也。且宜坚守数日，待其猖獗少懈，吾自有妙计破之。"

于是蜀兵坚守数日。孔明在高阜处望之，窥见蛮兵已多懈怠，乃聚诸将曰："汝等敢出战否？"众将欣然欲出。孔明先唤赵云、魏延入帐，向耳畔低言，吩咐如此如此。二人受了计策先进。却唤王平、马忠入帐，受计去了。又唤马岱吩咐曰："吾今弃此三寨，退过河北。吾军一退，汝可便拆浮桥，移于下流，却渡赵云、魏延军马过河来接应。"岱受计而去。又唤张翼曰："吾军退去，寨中多设灯火。孟获知之，必来追赶，汝却断其后。"张翼受计而退。孔明只教关索护车。众军退去，寨中多设灯火。蛮兵望见，不敢冲突。

次日平明，孟获引大队蛮兵径到蜀寨之时，只见三个大寨，皆无人马，于内弃下粮草车仗数百余辆。孟优曰："诸葛亮弃寨而走，莫非有计否？"孟获曰："吾料诸葛亮弃辎重而去，必因国中有紧要之事，若非吴侵，定是魏伐。故虚张灯火以为疑兵，弃车仗而去也。可速追之，不可错过。"

于是孟获自驱前进，直到西洱河边。望见河北岸上，寨中旗帜整齐如故，灿若云锦，沿河一带，又设锦城。蛮兵看见，皆不敢进，获谓优曰："此是诸葛亮惧吾追赶，故就河北岸少住，不二日必走矣。"遂将蛮兵屯于河岸，又使人去山上砍竹为筏，以备渡河，却将敢战之兵，皆移于寨前面。却不知蜀兵早入自己之境。

是日，狂风大作，四处火明鼓响。蜀兵杀到，蛮兵獠丁，自相冲突。孟获大惊，急引宗族洞丁杀开条路，径奔旧寨。忽一彪军从寨中杀出，乃是赵云。获慌忙回西洱河，往山僻处而走。又一彪军杀出，乃是马岱。孟获只剩得数十个败残兵，往山谷中而逃。见南北西三处，尘头火光，因此不敢前进，只得往东奔走。方才转过山口，见一大林之前，数十从人，引一辆小车，车上端坐孔明，呵呵大笑曰："蛮王孟获大败至此，吾已等候多时也！"获大怒，回头左右曰："吾遭此人诡计，受辱三次，今幸得这里相遇。汝等奋力前进，连人带马砍为粉碎！"

数骑蛮兵，猛力向前。孟获当先呐喊，抢到大林之前，咔嚓一声，踏了陷坑，一齐塌倒。大林之内，转出魏延，引数百军来，一个个拖出，用索缚定。孔明先到寨中，招安蛮兵，并诸甸酋长洞丁。此时大半皆归本乡去了，除死伤外，其余尽皆归降。孔明以酒肉相待，以好言抚慰，尽令放回。蛮兵皆感叹而去。

少顷，张翼解孟优至。孔明诲之曰："汝兄愚迷，汝当谏之。今被吾擒了四番，有何面目再见人耶？"孟优羞惭满面，伏地告求免死。孔明曰："吾杀汝不在今日，吾且饶汝性命，劝谕汝兄。"令武士解其绳索，放起孟优。优泣拜而去。

不一日，魏延解孟获至。孔明大怒曰："你今番又被吾擒了，有何理说？"获曰："吾今误中诡计，死不瞑目！"孔明叱武士推出斩之。获全无惧色，回顾孔明曰："若敢再放吾回去，必然报四番之恨。"孔明大笑，令左右去其缚，赐酒压惊，就座于帐下。孔明问曰："吾今四次以礼相待，汝尚然不服，何也?"获曰:"吾虽是化外之人,不似丞相专施诡计,吾如何肯服?"孔明曰:"若再放汝回去,复能战乎?"获曰:"丞相若再拿住,吾那是倾心降服,尽献本洞之物犒军,誓不反乱。"

孔明即笑而遣之。获欣然拜谢而去。于是聚得诸洞壮丁数千人,往南迤逦而行。早望见尘头起处,一队兵到,乃是兄弟孟优,重整残兵,来与兄报仇。兄弟二人,抱头大哭,诉说前事。优曰:"我兵屡败,蜀兵屡胜,难以抵挡。只可就山阴洞中,退避不出。蜀兵受不过暑气,自然退矣。"获问曰:"何处可避?"优曰:"此去西南有一洞,名曰秃龙洞。洞主朵思大王,与弟甚厚,可投之。"

于是孟获先教孟优到秃龙洞,见了朵思大王。朵思慌引洞兵出迎。孟获入洞,礼毕,诉说前事。朵思曰:"大王宽心!若川兵到来,令他一人一骑,不得还乡,与诸葛亮皆死于此处!"

获大喜,问计于朵思。朵思曰:"此洞中,只有两条路:东北一条路,就是大王所来之路,地势平坦,土厚水甜,人马可行,若以木石垒断洞口,虽有百万之众,不能进也;西北有一条路,山险岭恶,道路窄狭,其中虽有小路,多藏毒蛇恶蝎,黄昏时分,烟瘴大起,直至巳、午时方收,唯未、申、酉三时,可以往来,水不可饮,人马难行。此处更有四个毒泉:一名哑泉,人若饮之,则不能言,不过旬日必死;二曰灭泉,人若沐浴,则皮肉皆烂,见骨而死;三曰黑泉,人若溅之在身,则手足皆黑而死；四曰柔泉，人若饮之，身躯软弱如绵而死。今垒断东北大路，令大王稳居敝洞，若蜀兵见东路截断，必从西路而入，于路无水，若见此四泉，定然饮水，虽百万之众，皆无归矣，何用刀兵耶？"

孟获大喜，以手加额曰："今日方有容身之地！"又往北指曰："任诸葛神机妙算，难以施设！四泉之水，足以报败兵之恨也！"自此，孟获、孟优终日与朵思大王筵宴。

却说孔明连日不见孟获兵出，遂传号令教大军离西洱河，往南进发，此时正当六月炎天，其热如火。正行之际，忽哨马飞报："孟获退往秃龙洞中不出，将洞口要路垒断，内有兵把守，山恶岭峻，不能前进。"孔明遂令王平领数百军为前部，却教新降蛮兵引路，寻西北小路而入。前到一泉，人马皆渴，争饮此水。王平探有此路，回报孔明。比及到大寨之时，皆不能言，但指口而已。

孔明大惊，知是中毒，遂自驾小车，引数十人前来看时，见一潭清水，深不见底，水气凛凛，军不敢试。孔明下车，登高望之，四壁峰岭，鸟雀不闻，心中大疑。忽望对山一老叟扶杖而来，形容甚异。孔明请来相见，对坐于石上，问泉水之故。老叟答曰："军所饮之水，乃哑泉之水也，饮之难言，数日而死。此泉之外，又有三泉：东南有一泉，其水至冷，人若饮之，咽喉无暖气，身躯软弱而死，名曰柔泉；正南有一泉，人若溅之在身，手足皆黑而死，名曰黑泉；西南有一泉，沸如热汤，人若浴之，皮肉尽脱而死，名曰灭泉。敝处有此四泉，毒气所聚，无药可治。又烟瘴甚起，唯未、申、酉三个时辰可往来，余者时辰，皆瘴气密布，触之即死。”

孔明曰：“如此则蛮方不可平矣。蛮方不平，安能并吞吴、魏，再兴汉室？”老叟曰：“丞相勿忧。老夫指引一处，可以解之。”孔明曰：“老丈有何高见，望乞指教。”老叟曰：“此去正西数里，有一山谷。入内行二十里，有一溪名曰万安溪。上游一高士，号为万安隐者。此人不出溪，有数十余年矣。其草庵后有一泉，名安乐泉。人若中毒，汲其水饮之即愈。有人或生疥癞，或感瘴气，于万安溪内浴之，自然无事。更兼庵前有一等草，名曰‘薤叶芸香’，人若口含一叶，则瘴气不染。丞相可速往求之。”孔明拜谢，寻旧路上车，回到大寨。

次日，孔明备了礼物，引王平及众哑军，连夜往老叟所言去处，迤逦而进。入山谷小径约行二十余里，但见长松大柏，茂竹奇花，环绕一庄，篱落之中，有数间茅屋。孔明大喜，到庄前叩户，有一小童出。孔明方欲通姓名，早有一人，竹冠草履，白袍皂绦，碧眼黄发，欣然出曰：“来者莫非汉丞相否？”孔明笑曰：“高士何以知之？”隐者曰：“久闻丞相大纛南征，安得不知？”遂邀孔明入草堂。礼毕，分宾主坐定。孔明告曰：“亮受昭烈皇帝托孤之重，今承嗣君圣旨，领大军至此，欲服蛮邦，使归王化。不期孟获潜入洞中，军士误饮哑

泉之水。特此过访，望赐泉水以救众兵残生。"隐者曰："量
老夫山野废人，何劳丞相枉驾！此泉就在庵后。"教取来饮。

于是童子引王平等一众哑军，来到溪边，汲水饮之，随
即吐出恶涎，便能言语。童子又引众军到万安溪中沐浴。
隐者于庵中进柏子茶、松花菜，以待孔明。隐者告曰："此间
蛮洞多毒蛇恶蝎，柳花飘入溪泉之间，水不可饮，但掘地为
泉，汲水饮之方可。"孔明求"薤叶芸香"，隐者令众军尽意采
取："各人口含一叶，自然瘴气不侵。"孔明拜求隐者姓名。
隐者笑曰："某乃孟获之兄孟节是也。"

孔明愕然。隐者又曰："丞相休疑，容申片言。某一父母所生三人：长即老夫孟节，次孟获，又次孟优。父母皆亡。二弟强恶，不归王化，某屡谏不从，故更改名姓，隐居于此。今劣弟造反，又劳丞相深入不毛之地，如此生受，孟节合该万死，故先于丞相之前请罪。"孔明曰："吾申奏天子，立公为王，可乎？"节曰："为嫌功名而逃于此，岂复有贪富贵之意？"孔明乃具金帛赠之。孟节坚辞不受。孔明嗟叹不已，拜别而回。

孔明回到大寨之中，令军士掘地取水，遂安然由小径直入秃龙洞前下寨。蛮兵探知，来报孟获曰："蜀兵不染瘴疫之气，又无枯渴之患，诸泉皆不应。"朵思大王闻知不信，自与孟获来高山望之。只见蜀兵安然无事，大桶小担，搬运水浆，饮马造饭。朵思见之，毛发耸然，回顾孟获曰："此乃神兵也！"获曰："吾兄弟二人与蜀兵决一死战，就殒于军前，安肯束手受缚！"朵思曰："若大王兵败，吾妻子亦休矣。当杀牛宰羊，大赏洞丁，不避水火，直冲蜀寨，方可得胜。"

于是大赏蛮兵。正欲起程，忽报洞后迤西银冶洞二十一洞主杨锋引三万兵来助战。孟获大喜曰："邻兵助我，我必胜矣！"即与朵思大王出洞迎接。杨锋引兵入曰："吾有精兵三万，皆披铁甲，能飞山越岭，足以敌蜀兵百万。我有五子，皆武艺足备，愿助大王。"锋令五子入拜，皆彪躯虎体，威风抖擞。孟获大喜，遂设席相待杨锋父子。酒至半酣，锋曰:"军中少乐,吾随军有蛮姑,善舞刀牌,以助一笑。"获欣然从之。

须臾,数十蛮姑,皆披发跣足,从帐外舞跳而入。群蛮拍手以歌和之。杨锋令二子把盏,二子举杯诣孟获、孟优前。二人接杯,方欲饮酒,锋大喝一声,二子早将孟获、孟优执下座来。朵思大王却待要走,已被杨锋擒了。蛮姑横截于帐上,谁敢近前?获曰:"兔死狐悲,物伤其类。吾与汝皆是各洞之主,往日无冤,何故害我?"锋曰:"吾兄弟子侄皆感诸葛丞相活命之恩,无可以报,今汝反叛,何不擒献!"

于是各洞蛮兵,皆走回本乡。杨锋将孟获、孟优、朵思等解赴孔明寨来。孔明令入。杨锋等拜于帐下曰:"某等子侄皆感丞相恩德,故擒孟获、孟优等呈献。"孔明重赏之,令驱孟获入。孔明笑曰:"汝今番心服乎?"获曰:"非汝之能,乃吾寨中之人,自相残害,以致如此。要杀便杀,只是不服!"孔明曰:"汝赚吾入无水之地,更以哑泉、灭泉、黑泉、柔泉如此之毒,吾军无恙,岂非天意乎?汝何如此执迷?"获又曰:"吾祖居银坑山中,有三江之险、重关之固。汝若就彼擒之,吾当子子孙孙,倾心服侍。"孔明曰:"吾再放汝回去,重整兵马,与吾共决胜负,如那时擒住,汝再不服,当灭九族!"叱左右去其缚,放起孟获。获再拜而去。孔明又将孟优并朵思大王皆释其缚,赐酒食压惊。二人悚惧,不敢正视。孔明令鞍马送回。

孟获等连夜奔回银坑洞。那洞外有三江，乃是泸水、甘南水、西城水。三路水会合，故为三江。其洞北近平坦三百余里，多产万物；洞西二百余里，有盐井；西南二百里，直抵泸、甘；正南三百里，乃是梁都洞。洞中有山，环抱其洞，山上出银矿，故名为银坑山。山中置宫殿楼台，以为蛮王巢穴。

　　却说孟获在洞中，聚集宗党千余人，谓之曰："吾屡受辱于蜀兵，立誓欲报之。汝等有何高见？"言未毕，一人应曰："吾举一人，可破诸葛亮。"众视之，乃孟获妻弟，现为八番部长，名曰带来洞主。

　　获大喜，急问何人。带来洞主曰："此去西南八纳洞洞主木鹿大王，深通法术，出则骑象，常有虎豹豺狼跟随，手下更有三万神兵，甚是英勇。大王可修书具礼，某亲往求之。此人若允，何惧蜀兵哉？"获欣然，令国舅赍书而去。却令朵思大王把守三江城，以为前面屏障。

　　却说孔明提兵直至三江城，遥望见此城三面傍江，一面通旱，即遣魏延、赵云同领一军，于旱路打城。军到城下时，城上弓弩齐发。原来洞中之人，多习弓弩，一弩齐发十矢，箭头上皆有毒药。但有中箭者，皮肉皆烂，见五脏而死。

　　赵云、魏延不能取胜，回见孔明，言药箭之事。孔明自乘小车，到军前看了虚实，回到寨中，令军退数里下寨。蛮兵望见蜀兵远退，皆大笑作贺，只疑蜀兵惧怯而退，因此夜间安心稳睡，不去哨探。

却说孔明约军退后，即闭寨不出。一连五日，并无号令。黄昏左侧，忽起微风。孔明传令曰："每军要衣襟一幅，限一更时分应点。无者立斩。"诸将皆不知其意，众军依令预备。初更时分，又传令曰："每军衣襟一幅，包土一包。无者立斩。"众军亦不知其意，只得依令预备。孔明有传令曰："诸军包土，俱在三江城下交割。先到者有赏。"

众军闻令，皆包净土，飞奔城下，孔明令积土为蹬道，先上城者为头功。于是蜀兵十余万，并降兵万余，将所包之土，一齐弃于城下。一霎时，积土成山，接连城上。一声暗号，蜀兵皆上城。蛮兵急放弩时，大半早被执下，余者弃城而逃。朵思大王死于乱军之中。蜀将督军分路剿杀。孔明取了三江城，所得珍宝，皆赏三军。残败蛮兵逃回见孟获说："朵思大王身死，失了三江城。"获大惊。

正虑之间，人报："蜀兵已渡江，今在本洞前下寨。"孟获甚是慌张。忽然屏风后一人大笑而出曰："既为男子，何无智也？我虽是一妇人，愿与你出战。"获视之，乃妻祝融夫人也。夫人世居南蛮，乃祝融氏之后，善使飞刀，百发百中。孟获起身称谢。夫人欣然上马，引宗党猛将数百员、生力蛮兵五万，出银坑宫阙，来与蜀兵对敌。

方才转过洞口，一彪军拦住，为首蜀将，乃是张嶷。蛮兵见之，却早两路摆开。祝融夫人背插五口飞刀，手挺丈八长标,坐下卷毛赤兔马。张嶷见之,暗暗称奇。二人骤马交锋。战不数合,夫人拨马便走。张嶷赶去,空中一把飞刀落下。嶷急用手隔,正中左臂,翻身落马。蛮兵发一声喊,将张嶷执缚去了。

马忠听得张嶷被执,急出救时,早被蛮兵困住。望见祝融夫人挺标勒马立,忠愤怒向前去战,坐下马绊倒,亦被擒了。都解入洞中来见孟获。获设席庆贺。夫人叱刀斧手推出张嶷、马忠要斩。获止之曰:"诸葛亮放吾五次,今番若斩彼将,是不义也。且囚在洞中,待擒住诸葛亮,杀之未迟。"夫人从其言,笑饮作乐。

却说败残兵来见孔明,告知其事。孔明即唤马岱、赵云、魏延三人受计。各自领军前去。次日,蛮兵报入洞中,说赵云搦战。祝融夫人即上马出迎。二人战不数合,云拨马便走。夫人恐有埋伏,勒兵而回。延又引军来搦战,夫人纵马相迎。正交锋紧急,延诈败而走,夫人只不赶。

次日,赵云又引军来搦战,夫人领蛮兵出迎。二人战不数合,云诈败而走,夫人按标不赶。欲收军回洞时,魏延引军齐声辱骂,夫人急挺标来取魏延。延拨马便走,夫人愤怒赶来,延骤马奔入山僻小路。忽然背后一声响亮,延回头视之,夫人仰鞍落马。

原来马岱埋伏在是,用绊马索绊倒,就里擒缚,解投大寨而来。蛮将洞兵皆来救时,赵云一阵杀散。孔明端坐于帐上。马岱解祝融夫人到,孔明急令武士去其缚,请在别帐赐酒压惊,遣使往告孟获,欲送夫人换张嶷、马忠二将。

孟获允诺,即放出张嶷、马忠还了孔明。孔明遂送夫人入洞。孟获接着,又喜又恼。忽报八纳洞主到。孟获出帐迎接,见其人骑着白象,身服金珠璎珞,腰悬两口大刀,领着一班喂养虎豹豺狼之士,簇拥而入。获再拜哀告,诉说前事。木鹿大王许以报仇。获大喜,设宴相待。

次日,木鹿大王引本洞兵带猛兽而出。赵云、魏延听知蛮兵出,遂将军马布成阵势。二将并辔立于阵前视之,只见蛮兵旗帜器械皆别,人多不穿衣甲,裸身赤体,军中不鸣鼓角,但筛金为号。木鹿大王腰挂两把宝刀,手执蒂钟,身骑白象,从大旗中而出。赵云见了,谓魏延曰:"我等上阵一生,未尝见如此人物。"

二人正沉吟之际,只见木鹿大王口中不知念甚咒语,手摇蒂钟。忽然狂风大作,飞沙走石如同骤雨,一声画角响,虎豹豺狼、猛兽毒蛇乘风而出,张牙舞爪,冲将过来。蜀兵如何抵挡,往后便退。蛮兵随后追杀,直赶到三江界路方回。赵云、魏延收集败兵,来孔明帐前请罪,细说此事。

孔明笑曰:"非汝二人之罪。吾未出茅庐之时,先知南蛮有'驱虎豹'之法。吾在蜀中已办下破此阵之物也。随军有二十辆车,俱封记在此。今日且用一半,留下一半,后有别用。"遂令左右取了十辆红油柜车到帐下,留了十辆黑油柜车在后。众皆不知其意。孔明将柜打开,皆是木刻彩画巨兽,俱用五色绒线为毛衣,钢铁为牙爪,一个可骑坐十人。孔明选了精壮军士一千余人,领了一百口内装烟火之物,藏在军中。

次日,孔明驱兵大进,布于洞口。蛮兵探知,入洞报与蛮王。木鹿大王自谓无敌,即与孟获引蛮兵而出。孔明纶巾羽扇,身衣道袍,端坐于车上。孟获曰:"车上坐的便是诸葛亮!若擒住此人,大事定矣!"

木鹿大王口中念咒,手摇蒂钟。顷刻之间,狂风大作,猛兽突出。孔明将羽扇一摇,其风便回吹彼阵中去了。蜀阵中假兽涌出。蛮洞真兽见蜀阵巨兽,口吐火焰,鼻出黑烟,身摇铜铃,张牙舞爪而来,诸恶兽不敢前进,皆奔回蛮洞,反将蛮兵冲倒无数。孔明驱兵大进,鼓角齐鸣,往前追杀。木鹿大王死于乱军之中。洞内孟获宗党,皆弃宫阙,爬山越岭而走,孔明大军占了银坑洞。

次日,孔明正要分兵缉擒孟获,忽报:"蛮王孟获妻弟带来洞主,因劝孟获归降,获不从,今将孟获并祝融夫人及宗党数百余人尽皆擒来,献与丞相。"

孔明听知,即唤张嶷、马忠,吩咐如此如此。二将受了计,引二千精壮兵,伏于两廊。孔明即令门将,俱放进来。带来洞主引刀斧手解孟获等数百人,拜于殿下。孔明大喝曰:"与吾擒下!"两廊壮兵奇出,二人捉一人,尽被执缚。孔明大笑曰："量汝些小诡计，如何瞒得我！汝见二次俱是本洞人擒汝来降，吾不加害，汝只道吾深信，故来诈降，欲就洞中杀吾！"喝令武士搜其身畔，果然各带利刀。

孔明问孟获曰："汝原说在汝家擒住，方始心服，今日如何？"获曰："此是我等自来送死，非汝之能也。吾心未服。"孔明曰："吾擒住六番，尚然不服，欲待何时耶？"获曰："汝第七次擒住，吾方倾心归服，誓不反矣。"孔明曰："巢穴已破，吾何虑哉！"叱武士尽去其缚，叫之曰："这番擒住，再若支吾，必不轻恕！"孟获等抱头鼠窜而去。

却说败残蛮兵有千余人，大半中伤而逃，正遇蛮王孟获。获收了败兵，心中稍喜，却与带来洞主商议曰："吾今府洞已被蜀兵所占，今投何地安身？"带来洞主曰："只有一国可以破蜀。"获喜曰："何处可去？"带来洞主曰："此去东南，有一个国名乌戈国。国主兀突骨，身长二丈，不食五谷，以生蛇恶兽为饭，身有鳞甲，刀箭不能侵。其手下军士，俱穿藤甲，其藤生于山涧之中，盘于石壁之内，国人采取浸于油中，半年方取出晒之，晒干复浸，凡十余遍，却才造成铠甲，穿在身上，渡江不沉，经水不湿，刀箭皆不能入，因此号为'藤甲军'。今大王可往求之。若得彼相助，擒诸葛亮如利刀破竹耳。"

孟获大喜，遂投乌戈国，来见兀突骨。其洞无宇舍，皆居土穴之内。孟获入洞，再拜哀告前事。兀突骨曰："吾起本洞之兵,与汝报仇。"获欣然拜谢。于是兀突骨唤两个领兵俘长,一名土安,一名奚泥,起三万兵,皆穿藤甲,离乌戈国往东北而来。

却说孔明令蛮人哨探孟获消息,回报曰:"孟获请乌戈国主,引三万藤甲军,见屯于桃花渡口。孟获又在各番聚集蛮兵,并力拒战。"孔明听说,提兵大进,直至桃花渡口。隔岸望见蛮兵。又问土人,言说即日桃叶正落,水不可饮。孔明退五里下寨,留魏延守寨。

次日,乌戈国主引一彪藤甲军过河来,金鼓大震。魏延引兵出迎。蛮兵卷土而至。蜀兵以弩箭射到藤甲之上,皆不能透,俱落于地,刀砍枪刺,亦不能入。蛮兵皆使利刀钢叉,蜀兵如何抵挡,尽皆败走。蛮兵不赶而回。魏延复回,赶到桃花渡口,只见蛮兵带甲渡水而去,内有困乏者,将甲脱下,放在水面,以身坐其上而渡。

魏延急回大寨,来禀孔明,细言其事。孔明请吕凯并土人问之。凯曰:"某素闻南蛮中有一乌戈国,无人伦者也。更有藤甲护身,急切难伤。又有桃叶恶水,本国人饮之,反添精神,别国人饮之,即死。如此蛮方,纵有全胜,有何益焉?不如班师早回。"孔明笑曰:"吾非容易到此,岂可便去?吾明日自有平蛮之策。"于是令赵云助魏延守寨,且休轻出。

次日,孔明令土人引路,自乘小车到桃花渡口北岸山僻去处，遍观地理。山险岭峻之处，车不能行，孔明弃车步行。忽到一山，望见一谷，形如长蛇，皆危峭石壁，并无树木，中间一条大路。孔明问土人曰："此谷何名？"土人答曰："此处名为盘蛇谷。出谷则三江城大路，谷前名塔郎甸。"孔明大笑曰："此乃天赐吾成功于此也！"遂回旧路，上车归寨，唤马岱吩咐曰："与汝黑油柜车十辆，须用竹竿千条。柜内之物，如此如此。可将本部兵去把住盘蛇谷两头，依法而行。与汝半月限，一切完备。至期如此施设。倘有走漏，定按军法。"

马岱受计而行。又唤赵云吩咐曰："汝去盘蛇谷后，三江大路口如此把守。所用之物，克日完备。"赵云受计而去。又唤魏延吩咐曰："汝可引本部兵去桃花渡口下寨。如蛮兵渡水来攻，汝便弃了寨，往白旗处而走。限半个月内，须要连输十五阵，弃七个寨栅。若输十四阵，也休来见我。"

魏延领命，心中不乐，怏怏而去。孔明又唤张翼另引一军，依所指之处，筑立寨栅去了。却令张嶷、马忠引本洞所降千人，如此行之。各人都依计而行。

却说孟获与乌戈国主兀突骨曰："诸葛亮多有巧计，只是埋伏。今后交战，吩咐三军，但见山谷之中，林木多出，不可轻进。"兀突骨曰："大王说得有理，吾已知道汉人多行诡计。今后依此言行之。吾在前面厮杀，汝在背后教导。"

两人商量已定。忽报蜀兵在桃花渡口北岸立起营寨。兀突骨即差二俘长引藤甲军渡河来，与蜀兵交战。不数合，魏延败走。蛮兵恐有埋伏，不赶自回。次日，魏延又去立了营寨，蛮兵哨得，又引众军渡过河来战。延出迎之。不数合，延败走。蛮兵追杀十余里，见四下并无动静，便在蜀寨中屯住。

次日，二俘长请兀突骨到寨，说知此事。兀突骨即引兵大进，将魏延追一阵。蜀兵皆弃甲抛戈而走，只见前有白旗。延引败兵，急奔到白旗处。早有一寨，就寨中屯住。兀突骨驱兵追至，延引兵弃寨而走，蛮兵得了蜀寨。次日，又往前追杀。魏延回兵交战，不三合又败，只看白旗处而走。又有一寨，延就寨屯住。次日，蛮兵又至。延略战又走。蛮兵占了蜀寨。

话休絮烦。魏延且战且走，已败了十五阵，连弃七个营寨。蛮兵大进追杀。兀突骨自在军前破敌，于路但见林木茂盛之处，便不敢进，却使人远望，果见树荫之中，旌旗招展。兀突骨谓孟获曰："果不出大王所料。"孟获大笑曰："诸葛亮今番被吾识破！大王连日胜了他十五阵，夺了七个营寨，蜀兵望风而走，诸葛亮已是技穷。只此一进，大事定矣！"

兀突骨大喜，遂不以蜀兵为念。至第十六日，魏延引败残兵来，与藤甲军对敌。兀突骨骑象当先，头戴日月狼须帽，身披金珠璎珞，两肋下露出生鳞甲，眼目中微露光芒，手指魏延大骂。延拨马便走。后面蛮兵大进。魏延引兵转过了盘蛇谷，望白旗而走。兀突骨统引兵众，随后追杀。兀突骨望见山上并无草木，料无埋伏，放心追杀。赶到谷中，见数十辆黑油柜车在挡路。蛮兵报曰："此是蜀兵运粮道路，因大王兵至，撇下粮车而走。"

兀突骨大喜，催兵追赶。将出谷口，不见蜀兵。只见横木乱石滚下，垒断谷口。兀突骨令兵开路而进，忽见前面大小车辆，装载干柴，尽皆火起。兀突骨忙教退军，只闻后兵发喊，报说各口已被干柴垒断。车中原来皆是火药，一齐烧着。

兀突骨见无草木，心尚不慌，令寻路而走。只见山上两边乱丢火把，火把到处，地中药线皆着，就地飞起铁炮。满谷中火光乱舞，但逢藤甲，无有不着，将兀突骨并三万藤甲军烧得互相拥抱，死于盘蛇谷中。

孔明在山上往下看时，只见蛮兵被火烧得伸拳舒腿，大半被铁炮打得头脸粉碎，皆死于谷中，臭不可闻。

却说孟获在寨中，正望蛮兵回报。忽然千余人笑拜于寨前，言说："乌戈国兵与蜀兵大战，将诸葛亮围在盘蛇谷中了。特请大王前去接应。我等皆是本洞之人，不得已而降蜀。今知大王前来，特来助战。"

孟获大喜，即引宗党并所聚番人，连夜上马，就令蛮兵引路。方到盘蛇谷时，只见火光甚烈，臭味难闻。获知中计，急退兵时，左边张嶷，右边马忠，两路军杀出。获方欲抵敌，一声喊起，蛮兵中大半皆是蜀兵，将蛮王宗党并聚集的番人，尽皆擒了。孟获匹马杀出重围，往山径而走。

正走之间，见山坳里一簇人马，拥着一辆小车，车中端坐一人，纶巾羽扇，身衣道袍，乃孔明也。孔明大喝曰："反贼孟获！今番如何？"获即回马走。旁边闪过一将，拦住去路，乃是马岱。孟获措手不及，被马岱生擒活捉了。此时王平、张翼已引一军，赶到蛮寨中，将祝融夫人并一应老小皆活捉而来。

孔明归到寨中，升帐而坐，谓众将曰："吾今此计，不得已而用之。吾料敌人必算吾于林木多处埋伏，吾却空设旌旗，实无兵马，疑其心也。吾令魏文长连输十五阵者，坚其

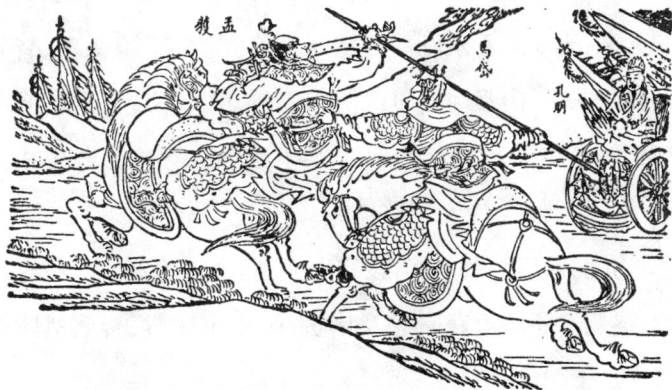

心也。吾见盘蛇谷只一条路，两壁厢皆是光石，并无树木，下面都是沙土，因令马岱将黑油车安排于谷中。车中油柜内，皆是预先造下的火药，名曰'地雷'。三十步埋之，中用竹竿通节，以引药线，才一发动，山陷石裂。吾又令赵子龙预备草车，安排于谷口，又于山谷准备大木乱石。却令魏延赚兀突骨并藤甲军入谷，放出魏延，即断其路，随后焚之。吾闻'利于水者必不利于火'，藤甲虽刀箭不能入，乃油浸之物，见火必着。蛮兵如此顽皮，非火攻安能取胜？"

众将拜服曰："丞相天机，鬼神莫测也！"孔明令押过孟获来。孟获跪于帐下。孔明令去其缚，教且在别帐与酒食压惊，孔明唤管酒食官至坐榻前，如此如此，吩咐而去。

却说孟获与祝融夫人并孟优、带来洞主、一切宗党在别帐饮酒。忽一人入帐谓孟获曰："丞相面羞，不欲与汝相见。特令我来放汝回去，再招人马来决胜负。汝今可速去。"孟获垂泣言曰："七擒七纵，自古未尝有也。吾虽化外之人，颇知礼义，直如此无羞耻乎？"遂同兄弟、妻子、宗党人等，皆匍匐跪于帐下，肉袒谢罪曰："丞相天威，南人不复反矣！"孔明曰："汝今服乎？"获泣谢曰："某子子孙孙皆感覆载生成之恩，安得不服！"

孔明乃请孟获上帐，设宴庆贺，就令永为洞主。所夺之地，尽皆退还。孟获宗党及诸蛮兵，无不感戴，皆欣然跳跃而去。

于是南方皆感孔明恩德,乃为孔明立生祠,四时享祀,皆呼之为"慈父"。送珍珠金宝、丹漆药材、耕牛战马,以资军用,誓不再反。南方即定,孔明乃大犒三军,班师回蜀。

## 天水关

蜀汉建兴五年三月,诸葛亮率领大兵三十万伐魏,令赵云、邓芝为先锋。魏主曹睿令夏侯渊之子夏侯楙为大都督,调关西诸路军马前去迎敌。到了凤鸣山,与蜀兵相遇,为赵云所破。夏侯楙遂引帐下骁将百余人,往南安郡而走。众军因见无主,尽皆逃窜。

关兴、张苞二将闻夏侯楙往南安都去了,连夜赶来。楙走入城中,令紧闭城门,驱兵守御。兴、苞二人赶到,将城围住。赵云随后也到,三面攻打。少时,邓芝亦引兵到。一连围了十日,攻打不下。忽报丞相留后军住沔阳,左军屯阳平,右军屯石城,自引中军来到。赵云、邓芝、关兴、张苞,皆来拜问孔明,说连日攻打不下。孔明遂乘小车亲到城边周围看了一遍,回寨升帐而坐。众将环立听令。

孔明曰:"此郡壕深城峻,不易攻也,吾正事不在此城,汝等如只久攻,倘魏兵分道而出,以取汉中,吾军危矣。"邓芝曰:"夏侯楙乃魏之驸马,若擒此人,胜斩百将。今困于此,岂可弃

姜维

之而去？”孔明曰：“吾自有计。此处西连天水郡，北抵安定郡。二处太守，不知何人？”探卒答曰：“天水太守马遵，安定太守崔谅。”

孔明大喜，乃唤魏延受计，如此如此；又唤关兴、张苞受计，如此如此；又唤心腹军士二人受计，如此行之。各将领命，引兵而去。孔明却在南安城外，令军运柴草堆于城下，口称烧城。魏兵闻知，皆大笑不惧。

却说安定太守崔谅，在城中闻蜀兵围了南安，困住夏侯楙，十分慌惧，即点军马约共四千，守住城池。忽见一人自正南而来，口称有机密事。崔谅唤入问之，答曰：“某是夏侯都督帐下心腹将裴绪,奉都督将令,特来求救于天水、安定二郡。南安甚急,每日城上纵火为号,专望二郡救兵,并不见到,因复差某杀出重围,来此告急。可星夜起兵为外应。都督若见二郡兵到,却开城门接应也。"谅曰:"有都督文书否?"绪贴肉取出,汗已湿透。略教一视,急令手下换了乏马,便出城往天水而去。

不二日,又有报马到,说天水太守已起兵救援南安去了,教安定早早接应。崔谅与府官商议。多官曰:"如不去救,失了南安,送了夏侯驸马,皆我两郡之罪也。只得救之。"谅即点起人马,离城而去,只留文官守城。

崔谅提兵向南安大路进发,遥望见火光冲天,催兵星夜前进。离南安尚有五十余里,忽闻前后喊声大震,哨马报

道:"前面关兴截住去路,背后张苞杀来!"安定之兵,四下逃窜。谅大惊,乃领手下百余人,往小路死战得脱,奔回安定。方到城壕边,城上乱箭射下来。蜀将魏延在城上叫曰:"吾已取了城也!何不早降?"原来魏延扮作安定军,黄夜赚开城门,蜀兵尽入,因此得了安定。

崔谅慌投天水郡来。行不到一程,前面一彪军摆开。大旗之下,一人纶巾羽扇,道袍鹤氅,端坐于车上。谅视之,乃孔明也。急拨回马走。关兴、张苞两兵追到,只叫:"早降!"崔谅见四面皆是蜀兵,不得已遂降,同归大寨。孔明以上宾相待。孔明曰:"南安太守与足下交厚否?"谅曰:"此人乃杨阜之族弟杨陵也,与某邻郡,交契甚厚。"孔明曰:"今欲烦足下入城,说杨陵擒夏侯楙,可乎?"谅曰:"丞相若令某去,可暂退军队,容某入城说之。"

孔明从其言,即时传令,教四面军马各退二十里下寨。崔谅匹马到城边叫开城门,入到府中,与杨陵礼毕,细言其事。陵曰:"我等受魏主大恩,安忍背之?可将计就计而行。"遂引崔谅到夏侯楙处,备细说知。楙曰:"当用何计?"杨陵曰:"只推某献城门,赚蜀兵入,却就城中杀之。"

崔谅依计而行,出城见孔明,说:"杨陵献城门,放大军入城,以擒夏侯楙。杨陵本人欲自捉,因手下勇士不多,未敢轻动。"孔明曰:"此事至易。今有足下原降兵百余人,于内暗藏蜀将扮作安定军马,带入城去,先伏于夏侯楙府下,却暗约杨陵，待半夜之时，献开城门，里应外合。"崔谅暗思：
"若不带蜀将去，恐孔明生疑。且带入去，就内先斩之，举火
为号，赚孔明入来，杀之可也。"因此应允。孔明嘱曰："吾遣
亲信将关兴、张苞随足下先去，只推救军杀入城中，以安夏
侯楙之心。但举火，吾当亲入城去擒之。"

时值黄昏，关兴、张苞受了孔明密计，披挂上马，各执兵
器，杂在安定军中，随崔谅来到南安城下。杨陵在城上撑起
悬空板，倚定护心栏，问曰："何处军队？"崔谅曰："安定救军
来到。"谅先射号箭上城，箭上带着密书曰："今诸葛亮先遣
二将，伏于城中，要里应外合。且不可惊动，恐泄漏计策。
待入府中围之。"杨陵将书见夏侯楙，细言其事。楙曰："既
然诸葛亮中计，可教刀斧手百余人，伏于府中。如二将随崔
太守到府下马，闭门斩之，却于城上举火，赚诸葛亮入城。
伏兵齐出，亮可擒矣。"

安排已毕，杨陵回到城上言曰："既是安定军马，可放入
城。"关兴跟崔谅先行，张苞在后。杨陵下城，在门边迎接，
兴手举刀落，斩杨陵于马下。崔谅大惊，急拨马走，到吊桥
边。张苞大喝曰："贼子休走！汝等诡计，如何瞒得丞相
耶？"手起一枪，刺崔谅于城下。关兴早到城上，举起火来。
四面蜀兵奔入。夏侯楙措手不及，开南门并力杀出。一彪
军拦住，为首大将，乃是王平。交马只一合，生擒夏侯楙于
马上，余皆杀死。

孔明入南安,招谕军民,秋毫无犯。众将各个献功,孔明将夏侯楙囚于军中。邓芝问曰:"丞相何故知崔谅诈也?"孔明曰:"吾已知此人无降心,故意使入城。彼必尽情告与夏侯楙,欲将计就计而行。吾见来情,足知其诈,复使二将同去,以稳其心。此人若有真心,必然阻之,彼欣然同去者,恐吾疑也。他意中度二将同去,赚入城内杀之未迟,又令吾军有托,放心而进。吾已暗嘱二将,就城门下图之。城内必无准备。吾军随后便到,此出其不意也。"

众将拜服。孔明曰:"赚崔谅者,吾使心腹人诈作魏将裴绪也。吾又去赚天水郡,至今未到,不知何故。今可乘势取之。"乃留吴懿守南安,刘琰守安定,替出魏延军马去取天水郡。

却说天水郡太守马遵，听知夏侯楙困在南安城中，乃聚文武官商议。功曹梁绪、主簿尹赏、主记梁虔等曰："夏侯驸马乃金枝玉叶，倘有疏虞，难逃坐视之罪。太守何不尽起本部兵以救之？"

马遵正疑虑间，忽然夏侯驸马差心腹将裴绪到。绪入府，取公文付马遵，说："都督求安定、天水两郡之兵，星夜救应。"言讫，匆匆而去。

次日又有报马到，称说："安定兵已先去了，教太守火急前来会合。"马遵正欲起兵，忽一人自外而入曰："太守中诸葛亮之计矣！"众视之，乃天水冀人也，姓姜，名维，字伯约。父名冏，昔日曾为天水郡功曹，因羌人乱，殁于王事。维自幼博览群书，兵法武艺无所不通，奉母至孝，郡人敬之。后为中郎将，就参本部军事。

当日姜维谓马遵曰："近闻诸葛亮杀败夏侯楙，困于南安，水泄不通，安得有人自重围之中而出？又且裴绪乃无名下将，从不曾见，况安定报马，又无公文。以此察之，此人乃蜀将诈称魏将。赚得太守出城，料城中无备，必然暗伏一军于左近，乘虚而取天水也。"马遵大悟曰："非伯约之言，则误中奸计矣！"

姜维曰："诸葛亮必伏兵于郡后，赚我兵出城，乘虚袭我。某愿请精兵三千，伏于要路。太守随后发兵出城，不可远去，只行三十里便回。但看火起为号，前后夹攻，可获大胜。如诸葛亮自来,必为某所擒矣。"

遵用其计,付精兵与姜维去讫,然后自与梁虔引兵出城等候,只留梁绪、尹赏守城。原来孔明果遣赵云引一军埋伏于山僻之中,只待天水人马离城,便乘虚袭之。当日细作回报赵云,说天水太守马遵起兵出城,只留文官守城。赵云大喜,又令人报与张翼、高翔,教于要路截杀马遵。此二处兵亦是孔明预先埋伏。

却说赵云引五千兵,径投天水郡城下,高叫曰:"吾乃常山赵子龙也! 汝知中计,早献城池,免遭诛戮!"城上梁绪大笑曰:"汝中吾姜伯约之计,尚然不知耶?"云恰待攻城,忽然喊声大震,四面火光冲天。当先一员少年马军,挺枪跃马而

言曰:"汝见天水姜伯约乎!"云挺枪直取姜维。战不数合,维精神倍长。云大惊,暗忖曰:"谁想此处有这般人物!"

正战时,两路军夹攻来,乃是马遵、梁虔引军杀回。赵云首尾不能相顾,冲开条路,引败兵奔走。姜维赶来。亏得张翼、高翔两路军杀出,接应回去。赵云归见孔明,说中了贼人之计。孔明惊问曰:"此是何人,识吾玄机?"有南安人告曰:"此人姓姜,名维,字伯约,天水冀人也。事母至孝,文武双全,智勇足备,真当世之英杰也。"赵云又夸奖姜维枪法,与他人大不同。孔明曰:"吾今欲取天水,不想有此人。"遂起大军前来。却说姜维回见马遵曰:"赵云败去,孔明必然自来。彼料我军必在城中。今可将本部军马,分为四支:某引一军伏于城东,如彼兵到则截之;太守与梁虔、尹赏各引一军城外埋伏;梁绪率百姓在城上守御。"分拨已定。

却说孔明因虑姜维,自为前部,往天水郡进发。将到城边,孔明传令曰:"凡攻城池,以初到之日,激励三军,鼓噪直上。若迟延日久,锐气尽失,急难破矣。"于是大军径到城下。因见城上旗帜整齐,未敢轻攻。候至半夜,忽然四下火光冲天,喊声震地,正不知何处兵来。只见城上亦鼓噪呐喊相应,蜀兵乱窜。孔明急上马,有关兴、张苞二将保护,杀出重围。回头看时,正东上军马,一带火光,势若长蛇。

孔明令关兴探视,回报曰:"此姜维兵也。"孔明叹曰:"兵不在多,在人之调遣耳。此人真将才也!"收兵归寨,思之良久，乃唤安定人问曰："姜维之母，现在何处？"答曰："维母今居冀城。"孔明唤魏延吩咐曰："汝可引一军，虚张声势，诈取冀城。若姜维到，可放入城。"又问："此地何处紧急？"安定人曰："天水钱粮，皆在上邽。若打破上邽，则粮道自绝矣。"

孔明大喜，教赵云引一军去攻上邽。孔明离城三十里下寨。早有人报入天水郡，说蜀兵分为三路：一军守此郡，一军取上邽，一军取冀城。姜维闻之，哀告马遵曰："维母现在冀城，恐母有失。维引一军往救此城，兼保老母。"马遵从之，遂令姜维引三千军去保冀城，梁虔引三千军去保上邽。

却说姜维引兵至冀城，前面一彪军摆开，为首蜀将，乃是魏延。二将交锋数合，延诈败奔走。维入城闭门，率兵守护，拜见老母，并不出战。赵云亦放过梁虔入上邽城去了。

孔明乃令人去南安郡，取夏侯楙至帐下。孔明曰："汝惧死乎？"楙慌拜伏乞命。孔明曰："目今天水姜维现守冀城，使人持书来说：'但得驸马在，我愿来降。'吾今饶汝性命，汝肯招降姜维否？"楙曰："情愿招降。"孔明乃与衣服、鞍马，不令人跟随，放之自去。

楙得脱出寨，欲寻路而走，奈不知路径。正行之间，逢数人奔走。楙问之，答曰："我等是冀城百姓，今被姜维献了城池，归降诸葛亮。蜀将魏延纵火劫财，我等因此弃家而走，投上邽去也。"楙又问曰："今守天水城是谁？"土人曰：

“天水城中乃马太守也。”

　　楙闻之，纵马往天水而行。又见百姓携男抱女而来，所说皆同。楙至天水城下叫门，城上人认得是夏侯楙，慌忙开门迎接。马遵惊拜问之，楙细言姜维之事，又将百姓所言，说了一遍。遵叹曰：“不想姜维反投蜀矣！”梁绪曰：“彼意欲救都督，故以此言虚降。”楙曰：“今维已降，何为虚也？”

　　正踌躇间，时已初更，蜀兵又来攻城。火光中见姜维在城下挺枪勒马，大叫曰：“请夏侯都督答话！”夏侯楙与马遵等皆到城上，见姜维耀武扬威，大叫曰：“我为都督而降，都督何背前言？”楙曰：“汝受魏恩，何故降蜀？有何前言耶？”维应曰：“汝写书教我降蜀，何出此言？汝欲脱身，却将我陷了！我今降蜀，加为上将，安有还魏之理？”言讫，驱兵打城，至晓方退。原来夜间假装姜维者，乃孔明之计，令部卒形貌相似者，假扮姜维攻城，因火光之中，不辨真伪。

　　孔明却引兵来攻冀城。城中粮少，军食不敷。姜维在城上，见蜀兵大小车辆，搬运粮草，入魏延寨中去了。维引三千兵出城，径来劫粮。蜀兵尽弃了粮车，寻路而走。姜维夺了粮车，欲要入城，忽然一彪军拦住，为首蜀将张翼也。二将交锋，战不数合，王平引一军又到，两下夹攻。维力穷抵敌不住，夺路归城。城上早插蜀兵旗号，原来已被魏延袭了。

　　维杀条路奔天水城，手下尚有十余骑。又遇张苞杀了

天水关

一阵,维只剩得匹马单枪,来到天水城下叫门。城上军见是姜维,慌报马遵。遵曰:"此是姜维来赚我城门也。"令城上乱箭射下。姜维回顾蜀兵至近,遂飞奔上邽城来。城上梁虔见了姜维,大骂曰:"反国之贼,安敢来赚我城池! 吾已知汝降蜀矣!"遂乱箭射下。

姜维不能分说,仰天长叹,两眼泪流,拨马往长安而走。行不数里,前至一派大树茂林之处,一声喊起,数千兵涌出。为首蜀将关兴,截住去路。维人困马乏,不能抵挡,勒回马便走。忽然一辆小车从山坡中转出。其人头戴纶巾，身披鹤氅，手摇羽扇，乃孔明也。孔明唤姜维曰："伯约此时何尚不降？"

维寻思良久，前有孔明，后有关兴，又无去路，只得下马投降。孔明慌忙下车而迎，执维手曰："吾自出茅庐以来，遍求贤者，欲传授平生之学，恨未得其人。今遇伯约，吾愿足矣。"维大喜拜谢。

孔明遂同姜维回寨，升帐商议取天水、上邽之计。维曰："天水城中尹赏、梁绪，与某至厚。当写密书二封，射入城中，使其内乱，城可得矣。"

孔明从之。姜维写了两封密书，拴在箭上，纵马直至城下，射入城中。小校拾得，呈与马遵。遵大疑，与夏侯楙商议曰："梁绪、尹赏与姜维结连，欲为内应，都督宜早决之。"楙曰："可杀二人。"

尹赏知此消息，乃谓梁绪曰："不如纳城降蜀，以图进用。"是夜夏侯楙数次使人请梁、尹二人说话。二人料知事急，遂披挂上马，各执兵器，引本部军大开城门，放蜀兵入。夏侯楙、马遵惊慌，引数百人出西门，弃城投羌中而去。梁绪、尹赏迎接孔明入城。安民已毕，孔明问取上邽之计。梁绪曰："此城乃某亲弟梁虔守之，愿招来降。"

孔明大喜。绪当日到上邽唤梁虔出城来降。孔明重加赏劳，就令梁绪为天水太守，尹赏为冀城令，梁虔为上邽令。孔明分拨已毕，整兵进发。诸将问曰："丞相何不去擒夏侯楙？"孔明曰："吾放夏侯楙，如放一鸭耳。今得伯约，得一凤也。"

# 空城计

却说诸葛孔明自得南安、安定、天水三郡之后，威声大振，远近州郡，望风归降。孔明整顿军马，尽提汉中之兵，前出祁山。兵到渭水之西，细作报入洛阳。

魏主曹睿闻报，即命曹真、郭淮率领二十万兵前去抵御，却不料又被诸葛亮战败。曹真急急写本申奏，乞拨救兵。

曹睿览表，遂令司马懿为平西都督，起南阳诸路军马御蜀，又以张郃为先锋，一面令辛毗、孙礼二人领兵五万，往助曹真。

且说司马懿引军出关下寨，请先锋张郃至帐下曰："诸葛亮平生谨慎，未敢造次行事。若是吾用兵，先从子午谷径取长安，早得多时矣。他非无谋，但恐有失，不肯弄险。今必出军斜谷，来取郿城。若取郿城，必分兵两路，一军取箕谷矣。吾已发檄文，令曹真拒守郿城，若兵来不可出战；令孙礼、辛毗截住箕谷道口，若兵来则出奇兵击之。"

郃曰："今将军当于何处进兵？"懿曰："吾素知秦岭之西，

司马懿

有一条路,地名街亭,旁有一城,名列柳城。此二处皆是汉
中咽喉。诸葛亮欺曹真无备,定从此进。吾与汝径取街亭,
往阳平关不远矣。亮若知吾断其街亭要路,绝其粮道,则陇
西一境,不能安守,必然连夜回汉中去也。彼若回动,吾提
兵于小路击之,可得全胜;若不归时,吾却将诸处小路尽皆
垒断,俱以兵守之。一月无粮,蜀兵皆饿死,亮必被吾
擒矣。”

张郃大悟,拜伏于地曰:“将军神算也!”懿曰:“虽然如
此,诸葛亮足智多谋,将军为先锋,不可轻进。当传与诸将,
循山西路,远远哨探。如无伏兵,方可前进,若是忽忽,必中

诸葛亮之计。"张郃受计引军而行。

却说孔明在祁山寨中，忽报探细人来到，急唤入问之。细作告曰："今司马懿同张郃引兵出关，来拒我师也。"

孔明大惊曰："今司马懿出关，必取街亭，断吾咽喉之路。"便问："谁敢引兵去守街亭？"

言未毕，参军马谡曰："某愿往。"孔明曰："街亭虽小，干系甚重。倘街亭有失，吾大军皆休矣。汝虽深通谋略，此地奈无城郭，又无险阻，守之极难。"谡曰："某自幼熟读兵书，颇知兵法。岂一街亭不能守耶？"孔明曰："司马懿非等闲之辈，更有先锋张郃，乃魏之名将，恐汝不能敌之。"谡曰："休

道司马懿、张郃，便是曹睿亲来，有何惧哉！若有差失，乞斩全家。"孔明曰："军中无戏言。"谡曰："愿立军令状。"

孔明从之。谡遂写了军令状呈上。孔明曰："吾与汝二万五千精兵，再拨一员上将，相助你去。"即唤王平吩咐曰："吾素知汝平生谨慎，故特以此重任相托。汝可小心谨慎。此地下寨必当要道之处，使贼兵急切不能偷过。安营既毕，便画四至八道地理形状图本来我看。凡事商议停当而行，不可轻易。如所守无危，则是取长安第一功也。戒之！戒之！"

二人拜辞引兵而去。孔明寻思，恐二人有失，又唤高翔曰："街亭东北上有一城，名列柳城，乃山僻小路，此可以屯兵扎寨。与汝一万兵，去此城屯扎。但街亭危，可引兵救之。"

高翔引兵而去。孔明又思高翔非张郃对手，必得一员大将，屯兵于街亭之右，方可防之，遂唤魏延引本部兵去街亭之后屯扎。

延曰："某为前部，理合当先破敌，何故置于安闲之地？"孔明曰："前锋破敌，乃偏裨之事耳。今令汝接应街亭，当阳平关冲要道路，总守汉中咽喉，此乃大任也。何为安闲乎？汝勿以等闲视之，失吾大事。切宜小心在意！"

魏延大喜，引兵而去。孔明恰才心安，乃唤赵云、邓芝吩咐曰："今司马懿出兵，与往日不同。汝二人各引一军出箕谷，以为疑兵。如逢魏兵，或战，或不战，以惊其心。吾自统大军，由斜谷径取郿城。若得郿城，长安可破矣。"二人受命而去。孔明令姜维做先锋，兵出斜谷。

却说马谡、王平二人兵到街亭，看了地势。马谡笑曰："丞相何故多心耶？量此山僻之处，魏兵如何敢来！"王平曰："虽然魏兵不敢来，可就此五路总口下寨，即令军士伐木为栅，以图久计。"谡曰："当道岂是下寨之地？此处侧边一山，四面皆不相连，且树木极广，此乃天赐之险也。可就山上屯军。"平曰："参军差矣。若屯兵当道，筑起城垣，贼兵纵有十万，不能偷过。今若弃此要路，屯兵于山上，倘魏兵骤至，四面围定，将何策保之？"

谡大笑曰："汝真女子之见！兵法云：'凭高视下，势如劈竹。'若魏兵到来，吾教他片甲不回！"平曰："吾每随丞相经阵，每到之处，丞相尽意指教。今观此山，乃绝地也。若魏兵断我汲水之道，军士不战自乱矣。"谡曰："汝莫乱道。孙子云：'置之死地而后生。'若魏兵绝我汲水之道，蜀兵岂不死战？以一可以当百也。吾素读兵书，丞相诸事尚问于我，汝奈何相阻耶？"平曰："若参军欲在山上下寨，可分兵与我，自于山西下一小寨，为掎角之势。倘魏兵至，可以相应。"

马谡不从。忽然山中居民成群结队飞奔而来，报说魏兵已到。王平欲辞去。马谡曰："汝既不听吾令，与汝五千兵自去下寨。待吾破了魏兵,到丞相面前须分不得功。"王平引兵离山十里下寨,画成图本,星夜差人去禀孔明,具说马谡自于山上下寨。

却说司马懿在城中,令次子司马昭去探前路,若街亭有兵守御,即当按兵不行。司马昭奉令探了一遍,回见父曰:"街亭有兵把守。"懿叹曰:"诸葛亮真乃神人,吾不如也!"昭笑曰:"父亲何故自堕志气耶? 男料街亭易取。"

懿问曰:"汝安敢出此大言?"昭曰:"男亲自哨见,当道并无寨栅,军皆屯于山上,故知可破也。"懿大喜曰:"若兵果在山上,乃天使吾成功矣!"遂更换衣服,引百余骑亲自来看。是夜天晴月朗。直至山下,周围巡哨了一遍,方回。马谡在山上见之,大笑口:"彼若有命,不来围山!"传令与诸将:"倘兵来,只见山顶上红旗招动,即四面皆下。"

却说司马懿回到寨中,使人打听是何将引兵守街亭。回报曰:"乃马良之弟马谡也。"懿笑曰:"徒有虚名,乃庸才耳! 孔明用如此人物,如何不误事!"又问:"街亭左右别有军否?"探马报曰:"离山十里有王平安营。"懿乃命张郃引一军,挡住王平来路,又令申耽、申仪引两路兵围山,先断了汲水道路,待蜀兵自乱,然后乘势击之。当夜调度已定。

次日天明,张郃引兵先往背后去了。司马懿大驱军马,一拥而进,把山四面围定。马谡在山上看时,只见魏兵漫山遍野,旌旗队伍,甚是严整。蜀兵见之,尽皆害怕,不敢下

马谡

山。马谡将红旗招动，军将你我相推，无一人敢动。谡大怒，自杀二将。众军惊惧，只得努力下山来冲魏兵。魏兵端然不动。蜀兵又却上山去。马谡见事不谐，教军紧守寨门，只等外应。

却说王平见魏兵到，引军杀来，正遇张郃。战有数十余合，平力穷势孤，只得退去。魏兵自辰时困至戌时，山上无水，军不得食，寨中大乱。嚷到半夜时分，山南蜀兵大开寨门，下山降魏。马谡禁止不住。司马懿又令人于沿山放火，山上蜀兵愈乱。马谡料守不住，只得驱残兵杀下山西逃奔。

司马懿放条大路，让过马谡。背后张郃引兵赶来。赶到三十余里，前面鼓角齐鸣，一彪军出，放过马谡，拦住张郃。视之，乃魏延也。其挥刀纵马，直取张郃。郃回军便走。延驱兵赶来，复夺街亭。赶到五十余里，一声喊起，两边伏兵齐出：左边司马懿，右边司马昭。却抄在魏延背后，把延困在垓心。张郃复来，三路兵合在一处。魏延左冲右突，不得脱身，折兵大半。

正危急间，忽一彪军杀入，乃王平也。延大喜曰："吾得生矣！"二将合兵一处，大杀一阵，魏兵方退。二将慌忙奔回寨时，营中皆是魏兵旌旗。申耽、申仪从营中杀出。王平、魏延径奔列柳城，来投高翔。此时高翔闻知街亭有失，尽起列柳城之兵，前来救应，正遇延、平二人，诉说前事。高翔曰："不如今晚去劫魏寨，再复街亭。"

当时三人在山坡下商议已定。待天色将晚，分兵三路。魏延引兵先进，径到街亭，不见一人，心中大疑，不敢轻进，且伏在路口等候。忽见高翔兵到，二人共说魏兵不知在何处。

正没理会，却不见王平兵到。忽然一声炮响，火光冲天，鼓声震地。魏兵齐出，把魏延、高翔围在垓心。二人尽力冲突，不得脱身。忽听得山坡后喊声若雷，一彪军杀入，乃是王平救了高、魏二人，径奔列柳城来。比及奔到城下时，城边早有一军杀到，写上大书"魏都督郭淮"字样。

原来郭淮与曹真商议，恐司马懿得了全功，乃分兵来取街亭，闻知司马懿、张郃成了此功，遂引兵径袭列柳城。正遇三将，大杀一阵。蜀兵伤者极多。魏延恐阳平关有失，慌与王平、高翔往阳平关来。

却说郭淮收了军马，乃谓左右曰："吾虽不得街亭，却取了列柳城，亦是大功。"引兵径到城下叫门，只见城上一声炮响，旗幡皆竖。当头一面大旗，上书"平西都督司马懿"。懿撑起悬空板，倚定护心木栏杆，大笑曰："公来何迟耶?"淮大惊曰："仲达神机，吾不及也!"遂入城。相见已毕，懿曰："今街亭已失，诸葛亮必走。公可速与曹都督星夜追之。"

郭淮从其言，出城而去。懿唤张郃曰："曹真、郭淮恐吾全获大功，故来取此城池。吾非独欲成功，乃侥幸而已。吾料魏延、王平、马谡、高翔等辈，必先去据阳平关。吾若去取此关，诸葛亮必随后掩杀，中其计矣。兵法云：'归师勿掩，穷寇莫追。'汝可从小路抄箕谷退兵。吾自引兵挡斜谷之兵。若彼败走，不可相拒，只宜中途截住。蜀兵辎重，可尽得也。"

张郃受计，引兵一半去了。懿下令："尽取斜谷，由西城而进。西城虽山僻小县，乃蜀兵屯粮之所，又南安、天水、安定三郡总路。若得此城，三郡可复矣。"于是司马懿留申耽、申仪守列柳城，自领大军往斜谷进发。

却说孔明自令马谡等守街亭去后，犹豫不定。忽报王平使人送图本至。孔明唤人，左右呈上图本。孔明就文几上拆开视之，拍案大惊曰："马谡无知，亡吾军矣!"左右问曰:"丞相何故失惊?"孔明曰:"吾观此图本,失却要路,占山为寨。倘魏兵大至,四面围合,断汲水路道,不需二日,军自乱矣。若街亭有失,吾等安归?"长史杨仪进曰:"某虽不才,愿替马谡回来。"

孔明将安营之法,一一吩咐与杨仪。正待要行,忽报马到来,说街亭、列柳城尽皆失了。孔明跌足长叹曰:"大事去矣! 此吾之过也!"急唤关兴、张苞吩咐曰:"汝二人各引三千精兵,投武功山小路而行。如遇魏兵,不可大击,只鼓噪呐喊,为疑兵惊之。彼当自走,亦不可追。待军退尽,便投阳平关去。"又令张翼先引军去修理剑阁,以备归路。又密传号令,教大军暗暗收拾行装,以备起程。又令马岱、姜维断后,先伏于山谷中,待诸军退尽,方始收兵。又差心腹人,分路报与天水、南安、安定三郡官吏军民,皆入汉中。又遣心腹人到冀城搬取姜维老母,送入汉中。

孔明分拨已定,先引五千兵退去西城县搬运粮草。忽然十余次飞马报到,说司马懿引大军十五万,往西城蜂拥而来。时孔明身边并无大将,只有一班文官,所引五千军,已分一半先运粮草去了,只剩二千五百军在城中。众官听得这个消息,尽皆失色。

孔明登城望之,果然尘土冲天,魏兵分两路往西城县杀来。孔明传令,教将旌旗尽皆藏匿,诸将各守城铺,如有妄行出入及高声言语者,立斩。大开四门,每一门上用二十军士，扮作百姓，洒扫街道。"如魏兵到时，不可擅动，吾自有计。"孔明乃披鹤氅，戴纶巾，引二小童携琴一张，于城上敌楼前，凭栏而坐，焚香操琴。

却说司马懿前军哨到城下，见了如此模样，皆不敢进，急报与司马懿。懿笑而不信，遂止住三军，自飞马远远望之。果见孔明坐于城楼之上，笑容可掬，焚香操琴。左有一童子，手捧宝剑；右有一童子，手执麈尾。城门内外有二十余百姓，低头洒扫，旁若无人。

懿看毕大疑，便到中军，教后军做前军，前军做后军，往北山路而退。次子司马昭曰："莫非诸葛亮无军，故作此态？父亲何故便退兵？"懿曰："亮平生谨慎，必不弄险。今大开城门，必有埋伏。我兵若进，中其计也，汝辈岂知，宜速退。"

于是两路兵皆退去。孔明见魏军远去，抚掌而笑。众官无不骇然，乃问孔明曰："司马懿乃魏之名将，今统十五万精兵到此，见了丞相，便速退去，何也？"孔明曰："此人料吾生平谨慎，必不弄险，见如此模样，疑有伏兵，所以退去。吾非行险，盖因不得已而用之。此人必引军投山北小路去也。吾已令兴、苞二人在彼等候。"

众皆惊服曰："丞相之机，神鬼莫测。若某等之见，必弃城而走矣。"孔明曰："吾兵只有二千五百，若弃城而走，必不能远遁。得不为司马懿所擒乎？"

言讫，拍掌大笑曰："吾若为司马懿，必不便退也。"遂下令，教西城百姓随军入汉中，司马懿必将复来。于是孔明离西城往汉中而走，天水、安定、南安三郡官吏军民，陆续而来。

却说司马懿往武功山小路而来，忽然山坡后喊杀连天，鼓声震地。懿回顾二子曰："吾若不走，必中诸葛之计矣。"只见大路上一军杀来，旗上大书"右护卫虎翼将军张苞"。魏兵皆弃甲抛戈而走。行不到一程，山谷中喊声震地，鼓角喧天，前面一杆大旗，上书"左护卫使龙骧将军关兴"。山谷应声，不知蜀兵多少，兼魏军心疑，不敢久停，只得尽弃辎重而去。兴、苞二人皆遵将令，不敢追袭，多得军器粮草而归。司马懿见山谷中皆有蜀兵，不敢出大路，遂回街亭。

此时曹真听知孔明退兵，急引兵追赶。山背后一声炮响,蜀兵漫山遍野而来。为首大将,乃是姜维、马岱。真大惊,急退军时,先锋陈造已被马岱所斩。真引兵鼠窜而还。蜀兵连夜皆奔回汉中。

却说赵云、邓芝伏兵于箕谷道中。闻孔明传令回军,云谓芝曰:"魏军知吾兵退,必然来追。吾先引一军伏于其后,公却引兵打吾旗号,徐徐而退。吾一步步自有护送也。"

却说郭淮提兵再回箕谷道中,唤先锋苏颙吩咐曰:"蜀将赵云,英雄无敌。汝可小心提防,彼军若退,必有计也。"苏颙欣然曰:"都督若肯接应,某当生擒赵云。"遂引前部三千兵,奔入箕谷。看看赶上蜀兵,只见山坡后闪出红旗白字,上书"赵云"。苏颙急收兵退走。行不到数里,喊声大震,一彪军撞出。为首大将,挺枪跃马,大喝曰:"汝识赵子龙否?"苏颙大惊曰:"如何这里又有赵云?"措手不及,被云一枪刺死于马下。余军溃散。

云迤逦前进,背后又一军到,乃郭淮部将万政也。云见魏兵追急,乃勒马挺枪,立于路口,待来将交锋。蜀兵已去三十余里。万政认得是赵云,不敢前进。云等得天色黄昏,方才拨回马缓缓而进。郭淮兵到,万政言赵云英勇如旧,因此不敢近前。淮传令教军急赶,政令数百骑壮士赶来。行至一大林,忽听得背后大喝一声曰:"赵子龙在此!"惊得魏兵落马者百余人,余者皆越岭而去。

万政勉强来敌,被云一箭射中盔缨,惊跌于涧中。云以

枪指之曰："吾饶汝性命回去！快教郭淮赶来！"万政脱命而回。云护送军仗人马,往汉中而去,沿途并无遗失。曹真、郭淮复夺南安、安定、天水三郡,以为己功。

却说司马懿分兵而进,此时蜀兵已尽回汉中去了。懿引一军复到西城,因问遗下居民及山僻隐者,皆言孔明只有二千五百军在城中,又无武将,只有几个文官,别无埋伏。武功山小民告曰："关兴、张苞只各有三千军,转山呐喊,鼓噪惊退,又无别军,并不敢厮杀。"懿悔之无及,仰天叹曰："吾不如孔明也！"遂安抚了诸处官民,引兵还魏都。

却说孔明回到汉中，计点军士，只少赵云、邓芝，心中甚忧，乃令关兴、张苞各引一军接应。二人正欲起身，忽报赵云、邓芝到来，并不曾折一人一骑，辎重军器，亦无遗失。孔明大喜，亲引诸将出迎。赵云慌忙下马伏地曰："何劳丞相远接？"孔明急扶起，执手而言曰："各处兵将败损，唯子龙不折一人一骑，何也？"

邓芝告曰："某引兵先行，子龙独自断后，斩将立功，敌人惊怕，因此军资什物，不曾遗弃。"孔明曰："真将军也！"遂取金五十斤以赠赵云，又取绢一万匹赏云部卒。云辞曰："三军无尺寸之功，某等若反受赏，乃丞相赏罚不明也。且请寄库，候今冬赐予诸军未迟。"孔明叹曰："先帝在日，常称子龙之德，今果如此！"乃倍加钦敬。

忽报马谡、王平、魏延、高翔至，孔明先唤王平入帐，责之曰："吾令汝同马谡守街亭，汝何不谏之，致使失事？"平曰："某再三相劝，要在当道筑土城安营把守。参军大怒不从，某因此自引五千军离山十里下寨。魏兵骤至，把山四面围合，某引兵冲杀十余次，皆不能入。次日土崩瓦解，降者无数。某孤军难立，故投魏延求救。半途又被魏兵困在山谷之中，某奋死杀出。比及归寨，早被魏兵占了。及投列柳城时，路逢高翔，遂分兵三路去劫魏寨，指望克得街亭。因见街亭并无伏兵，以此心疑。登高望之，只见魏延、高翔被魏兵围住，某即杀入重围，救出二将，就同参军并在一处。

某恐失却阳平关，因此急来回守。非某之不谏也。丞相不信，可问各部将校。"

孔明喝退，又唤马谡入帐。谡自缚跪于帐前。孔明变色曰："汝自幼饱读兵书，熟谙战法。吾屡次叮咛告诫，街亭是吾根本。汝以全家之命，领此重任。汝若早听王平之言，岂有些祸？今败军折将，失地陷城，皆汝之过也。若不明正军律，何以服众？汝今犯法，休得怨吾。汝死之后，汝之家小，吾按月给予禄米，汝不必挂心。"叱左右推出斩之。谡泣曰："丞相视某如子，某以丞相为父。某之死罪，实已难逃。愿丞相顾念吾子，某虽死亦无恨于地下！"言讫大哭。孔明挥泪曰："吾与汝义同兄弟，汝之子即吾之子也，不必多嘱。"

左右推出马谡于辕门之外，将斩。参军蒋琬自成都至，

见武士欲斩马谡，大惊，高叫留人，入见孔明曰："今天下未定，而戮智谋之士，岂不可惜乎？"孔明流涕而答曰："昔孙武所以能制胜于天下者，用法明也。今四方纷争，兵交方始，若复废法，何以讨贼耶？合当斩之。"

须臾，武士献马谡首级于阶下。孔明大哭不已。蒋琬问曰："今马谡得罪，既正军法，丞相何故哭耶？"孔明曰："吾非为马谡而哭。吾想先帝在白帝城临危之时，曾嘱吾曰：'马谡言过其实，不可重用。'今果应此言，乃深恨己之不明，追思先帝之明，因此痛哭耳！"大小将士，无不流涕。马谡亡年三十九岁。时建兴六年夏五月也。